- Mico 风衣，能防风和小雨
- Raidlight 水壶背包，也可装水袋
- 背包自带的水壶，单个可装 50ml 水
- Gabel 手杖，三节，可收缩
- Mico 保暖紧身裤，带抓绒
- 泰尼卡 XLITE 第二代越野鞋，Vibram 底

应急毯

快乐狐狸的帽子

睡眠眼罩

触点手套

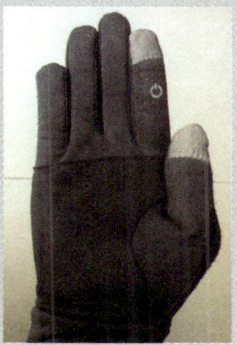

VALLE D'AOSTA TRAILERS

奔跑 332公里

中国第一位巨人之旅
全程完赛者自述

曾华锋 著

梦想之旅

磨难之旅

悲壮之旅

人民日报出版社

巨人之旅简介

　　巨人之旅，意大利语为 TOR des GEANTS，简称 TDG，是世界上最为艰难的越野赛，由瓦莱达奥斯塔自治区与业余体育协会 Vda Trailers 合办，每年 9 月举行，是第一个结合长距离跑及个人风格的跑步赛事：组织者不设任何强制性阶段，参赛选手自己决定何时停下来休息，在最短时间内完成比赛的人即为冠军。

　　赛道标准距离为 332 公里，由南北两条线路组成，呈环状结构，起点即终点，分 7 个赛段，最短 36 公里，最长 53.5 公里，每两个赛段之间设有一个大型补给站兼医疗站、计时点，可以吃饭、睡觉、换装备，但用时都算成绩。还有若干小站，最多睡 2 小时。凡是有计时点的位置，都有关门时间，总关门时间为 150 小时。

　　比赛途经勃朗峰 (4810 米)、罗莎峰 (4637 米)、马特洪峰 (4478 米) 和大天堂峰 (4061 米) 这四座意大利最高的山峰，总爬升达 24000 米接近 3 座珠穆朗玛峰的高度，需要穿越 25 座海拔 2000 米以上的大山，最高峰海拔为 3299 米，怪石嶙峋，大起大落，险象环生。

　　根据当地登山协会编写的旅行指南，正常体力情况下，走完一圈大约需要 31 天。2012 年因雨雪天气取消最后 29 公里赛段，只有前面 73 人完成 332 公里，其他人完成 303 公里即算完赛，完赛率为 62%；2013 年因下大雨和冰雹，中国选手杨源遇难，706 人中仅 383 人完赛，完赛率降为 54%，冠军被西班牙选手 Iker Karrera 夺得，成绩是 70 小时 04 分 15 秒。

　　巨人之旅大约相当于多长的平路？赛道起点和终点的方形门上写着 330 公里，但海拔图、补给站图都标的是 332 公里，实测距离只多不少。

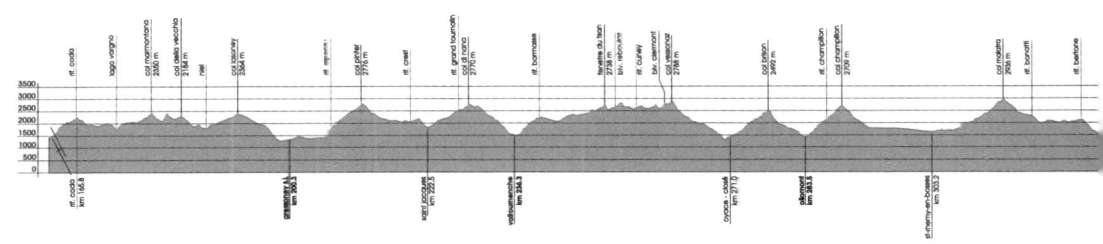

累计爬升24000米,如果按法国100英里环勃朗峰赛的计算方式(爬升100米折合平坦山路1公里)为240公里。而巨人之旅的山比环勃朗峰赛更高、更陡、更险,可按爬升100米折合平坦山路1.1公里计算,为264公里。332公里+264公里=596公里。平坦公路与山路的换算比例至少1:1.1,因比全程大约相当于平坦公路655公里。而两者的路况、温差、风险则不可同日而语。

什么是巨人?许多跑友直白地理解为在阿尔卑斯山上跑完332公里越野赛的选手叫巨人。其实不然,常年在北京工作的意大利女士马笛娜告诉我们,GEANTS是指奥斯塔山谷传说中的四位巨人——勃朗峰、罗莎峰、马特洪峰和大天堂峰等四座山峰。习于比赛路线环绕这四位巨人,所以叫巨人之旅。

即使不参加这个比赛,也可以在这条路线上尝试一下自己的极限。阿尔卑斯山登山设施完善,在沿途任何一个村镇的旅游局索取一本《Alte Vie》(高山小径),以及避难小屋的位置和联络方式,就可以开始自己的旅程。在31个避难小屋收集齐印章后,可以像参赛选手一样,在终点获得证书、奖牌和纪念品,而且没有关门时间。

巨人之旅网址:www.tordesgeants.it

目 录 contents

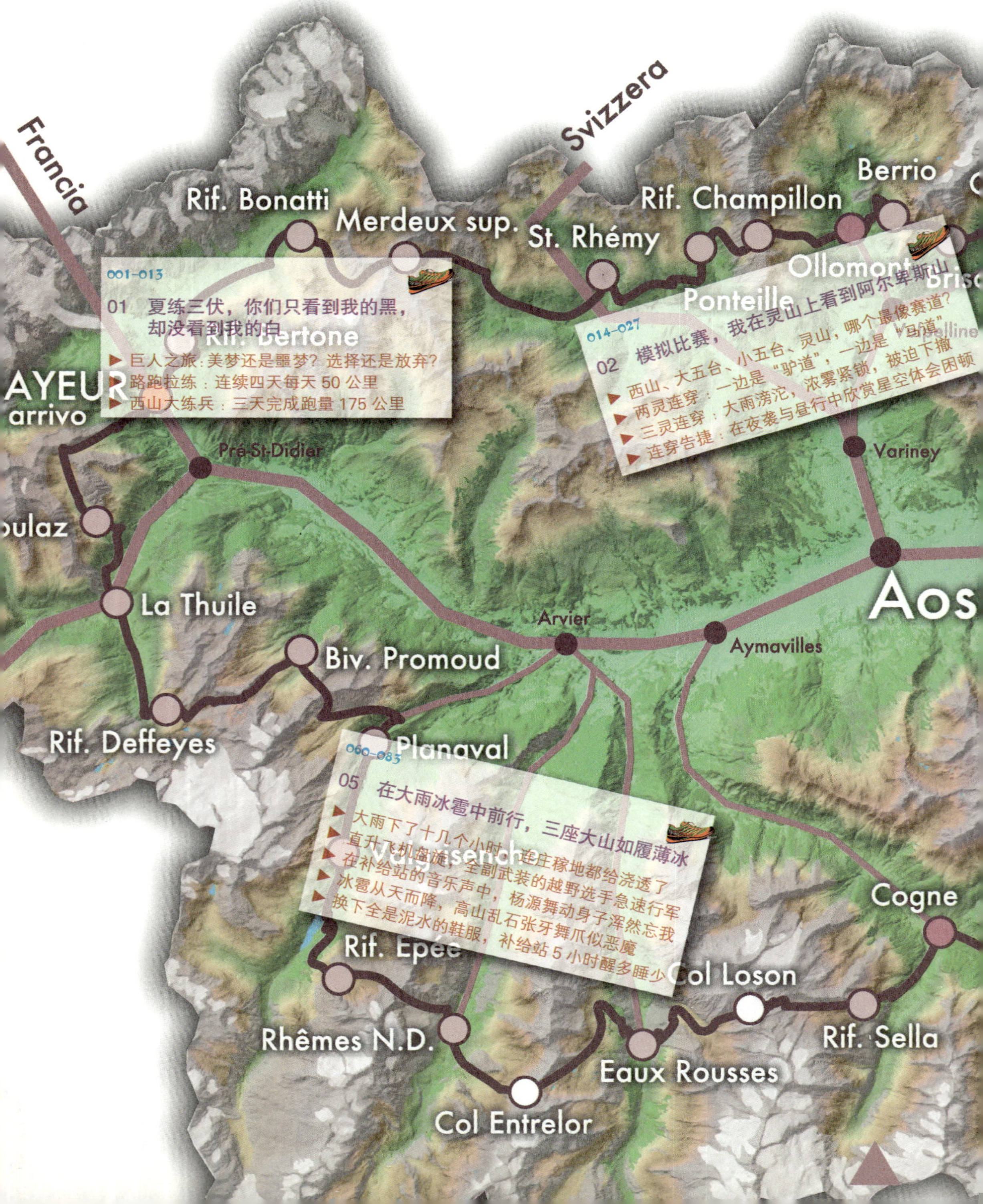

001-013
01 夏练三伏，你们只看到我的黑，却没看到我的白
▶ 巨人之旅：美梦还是噩梦？选择还是放弃？
▶ 路跑拉练：连续四天每天 50 公里
▶ 西山大练兵：三天完成跑量 175 公里

014-027
02 模拟比赛，我在灵山上看到阿尔卑斯山
▶ 西山、大五台、小五台、灵山，哪个最像赛道？
▶ 两灵连穿：一边是"驴道"，一边是"马道"
▶ 三灵连穿：大雨滂沱，浓雾紧锁，被迫下撤
▶ 连穿告捷：在夜袭与昼行中欣赏星空体会困顿

060-083
05 在大雨冰雹中前行，三座大山如履薄冰
▶ 大雨下了十几个小时，连庄稼地都给浇透了
▶ 直升飞机盘旋，全副武装的越野选手急速行军
▶ 在补给站的音乐声中，杨源舞动身子浑然忘我
▶ 冰雹从天而降，高山乱石张牙舞爪似恶魔
▶ 换下全是泥水的鞋服，补给站 5 小时醒多睡少

目　　录
contents

08 高山失温，蜷缩补给站十余小时苦候黎明　　118-135
- 大风刮过山脊，冻得我全身发抖手不能动
- 邂逅陈澈文，难兄难弟同床同梦
- 摄影师说我像一名战士，我觉得自己更像逃难者
- 短裙女招摇上山，补给站烤肉喷香
- 战斗到最后一刻，奥巴巴172公里被关门

09 大雪将至？紧赶慢赶伤病悄悄萌芽　　136-147
- 天气预报山上下雪，实则朗月如钩繁星点点
- 在头灯的黄光照亮下，一切都显得那么不真实
- "当你累得像猪一样时，躺下就能睡着！"

12 完赛前我不是巨人，完赛后我也不是巨人　　186-205
- 383人完赛，"TDG注定是阿尔卑斯山的传奇"
- 颁奖典礼的第一道程序是悼念杨源
- 卸去战甲，我依然在人群中朝你微笑走来
- "我拥有了千百个笑容，却忘了告诉你在我心中"

巨人之旅：梦想之旅 磨难之旅 悲壮之旅

参加巨人之旅是我这辈子做得最疯狂的事情之一。就像当年改行那样，一个煤矿机械厂的技术工人、业余通讯员竟然走进了南方那家知名的都市报；就像当年考研那样，一个只有初中英语水平的自考生居然敢觊觎中国第一高等学府。

这一切，都源自梦想。电影《中国合伙人》中说："梦想就是一种让你感到坚持就是幸福的东西。"跑友雪白的年糕团说："我们每个人的心里都住着一个巨人。"梦想让无力者前行，梦想让普通人超越平凡。

自2004年首次参加100公里越野赛、2006年首次参加马拉松赛以来，大小三十余战，梦做得越来越远、越来越大。但是，当巨人之旅厚重的大门徐徐开启时，我仍然感到前所未有的压力，好几次梦中掉进雄浑、陡峭、黑暗、寒冷的阿尔卑斯山，不知所从……

在长达数月的时间里，几经踯躅、思考和探询，我接受了意大利泰尼卡公司和巨人之旅的邀请——我已经41岁了，有些事情现在不去做，这辈子恐怕也不会再去做。我愿意迎接挑战！我愿意在年富力强力所能及时用血肉之躯去书写传奇不留遗憾！

我不想苟延残喘地长命百岁，我不想日复一日地无聊生活！我想要迎风怒放的生命，我想要熊熊燃烧的岁月。

面对强大的对手，光有亮剑精神是不够的，还得有亮剑的实力！实力不会凭空而来，而来自刻苦和科学的训练。疼痛难以避免，挣扎难以避免，但是，美国知名耐力跑选手迪恩·卡纳泽斯说："那些疼痛和挣扎蕴藏着神奇。"

在长达8个月的备战中，我完成跑量4300多公里。其中，在2013年7月20日—9月2日为期45天的专项训练中，完成8个周期的"车轮战"训练，跑量1332公里，累计爬升16800米，并创造月跑量975公里、4天路跑202公里、3天山地跑175公里的个人纪录，历经夜跑、雨中跑、三伏跑、亚高原跑、带伤跑……

据专家分析，如果用归因理论来解读选手的运动成绩，最重要的归因在于"内在动机"、"自律"和"10000小时以上的训练"。精神源自内心完善自己的强大需求、自律自控的自我执行以及长期刻苦的高强度训练，"天才或许存在，但在整个运动成绩中仅占1%的因素"。

相传，在希腊战神奥丁主持的瓦尔哈拉神殿里，阵亡的维京战士会被信使接到这里，每天闻鸡起舞接受最残酷的训练。傍晚则喝酒聚会，伤口奇迹般复原。当最后的战斗"神之劫难"降临时，最勇敢的800名战士全副武装，肩并肩走出，与战神携手作战！

2013年9月8日10点，我冒着大雨和冰雹踏上阿尔卑斯山的赛道，迎接平生最为严峻的赛事。虽然前路多艰，但我相信汗水和智慧凝结的力量可以穿石断金脱胎换骨化茧为蝶，可以唤醒阿尔卑斯山的第一缕晨光，可以为我和儿子赢得光荣与梦想！

比赛如同西天取经，多灾多难：恶劣天气、如林峭壁、跑友遇难、高山失温、膝盖受伤、脚底起泡、胳膊酸痛、极度困乏……我像经历了一次地狱般的行走，像吃完了一生的苦，一次次陷入困境，又一次次绝处逢生。最后10公里，我边跑边流泪。

历经六天六夜，身心疲惫、伤痕累累的我带着杨源的遗愿，带着亲朋好友的期待，擎着鲜红的五星红旗，拿着儿子的照片，冲过终点也就是起点的大门，完成了世界难度最大的越野赛。环状的庞大的巨人之旅赛道终于在中国选手脚下闭合了！

"曾华锋于当地时间14日上午10:00完成全部332公里比赛，用时143小时43分48秒，位列265位！他成为第一个完成全程332公里的中国选手（去年因为天气原因缩至303公里）！"14日，泰尼亚发布，"这几天的辛苦努力和坚持，让他挺住了，顺利冲过终点！"

我又想起"疼痛与挣扎蕴藏着神奇"。到底什么是神奇？神奇就是人类不断挑战自我超越自我的力量和精神，让我们聚沙成塔集腋成裘，浴火重生创造奇迹。

巨人之旅是梦想之旅，也是磨难之旅，悲壮之旅。经历过黑夜，就更能体会旭日的绚丽与温暖。一路走来，我发现，其实每个人的心中，都住着一个巨人。把他唤醒，与你同行！

CHAPTER 01
夏练三伏,你们只看到我的黑,却没看到我的白

王琼 摄

巨人之旅：美梦还是噩梦？选择还是放弃？

　　黑夜，漫无际涯的黑夜；大山，看不到尽头的大山；寒风，像刀子砍来的寒风……好冷，好困，好累，好怕！心跳为什么这么快？喘气为什么这么急？"啊！"我低吼一声，用力抖抖身子，想卸去满身负累……

　　猛然睁眼，却发现置身于北京温暖的家中，而不是欧洲冰冷的阿尔卑斯山。如释重负，原来是做梦！在那个大雪飘飞的冬天，连续好几个夜晚，我都在做着相同的梦。都说"日有所思"才"夜有所梦"，我正在苦思的是：参不参加泰尼卡赞助的巨人之旅？

　　这已经是巨人之旅第二次朝我招手。在2012年5月The North Face北京国际越野跑100公里挑战赛中，我手臂摔伤却不舍不弃连超数人，包括意大利超级马拉松国家队队员、第二届巨人之旅男女冠军，以11小时08分的成绩获得第七名，提前实现跑进前十名的愿望。

　　为了选拔参加巨人之旅的优秀选手，泰尼卡在这次比赛中搞了个"赛中赛"——凡是穿泰尼卡鞋最先跑到终点的报名参加巨人之旅的选手，将获得巨人之旅免费名额！我符合二、三项条件，不完全符合第一项条件——只穿泰尼卡鞋跑了前半程。

　　为什么半途而废？赛前我听说只有泰尼卡中国越野跑队的队员最先跑到终点才能获得赞助，于是找该公司市场部经理周斌核实，周斌在微博上用私信证实了此事。既然如此，跑了第一名也白搭，因为我不是他们的队员。于是，我将满是泥泞的泰尼卡鞋脱掉，换上了一双干净的其他品牌的鞋子。

　　赛后，泰尼卡中国越野跑队队长高清来电："途中你超过我时，我看到你穿的是泰尼卡鞋，后面为什么要换鞋？老板Miso一直在终点等待第一个穿泰

尼卡鞋到达的选手！你要是不换鞋，免费名额就是你的了！"怎么说法不一致？周斌对此表示歉意："我当时没有了解好情况就私信回答你了……我愿意承担由于我给你带来的损失，希望明年你可以得到免费名额。"

当时，有一个自费名额可以给我，但要交24800元人民币。这对于需要养家糊口的我来说并不是个小数目——孩子出生不久，老婆是在读博士，没有工资，我拿的则是"吃不饱饿不死"的工资。其实，不差钱我也不会去，我要的就是免费的名分。

中国知名耐力跑选手、苏泊尔公司的员工陈盆滨比我幸运得多：不需工作，只需全球参赛，参赛费全部由公司解决。为此，他跑得更远、飞得更高，获得CCTV体坛风云人物2011年未名人士体育精神奖提名、2012年最佳非奥项目运动员提名。因此，他和中国赛博队的白斌、黄龙、陈春艳一样，属于国内为数不多的越野跑职业运动员。

排名第十的王子尘获得了免费名额，排名前二十的高清、杨建国（阿亮）和带伤坚持完赛的于雷获得自费名额，巨人之旅将第一次出现中国选手！"能参加巨人之旅，死而无憾！"高清参赛的愿望非常强烈。"爬也要爬到终点！"阿亮则如是表态。

赛中，实力最强的王子尘中途受伤，于第二个赛段也就是102公里退赛。因冰雪封路，举办方取消了最后29公里赛道，只有跑在前面的69位男性和4位女性完成了332公里比赛，包括中国3位选手在内的其余选手只完成了303公里比赛，其中于雷为中国选手第一名。在热闹的分享会上，于雷的父亲、优秀的摄影师于泽强拉着我的手说，是你把机会让给了于雷。其实，谁去都无所谓，大家都是好兄弟，共同征战过许多赛事。

那一年，我也不是完全没有收获，先是以万字征文获得The North Face赞助的世界顶级越野跑赛——法国100英里环勃朗峰赛（英文简称

UTMB）的观摩机会，并同150天内跑完10000公里丝绸之路的白斌在勃朗峰上训练；接着三周连跑杭州马拉松、北京马拉松、上海马拉松，三进2小时55分，最好名次为13名，最差名次为123名。中国长跑爱好者超过百万。

"为了弥补荒城的损失，我们决定邀请他参加2013年巨人之旅。"在山东沂山100公里的分享会上，当有人问及为什么全程赞助我巨人之旅时，周斌解释道。在大陆颇具实力的选手中，杨家根、运艳桥、黄龙、白斌、邢如伶等都"名花有主"，分别被红牛、赛博、The North Face用较大代价签走。

众所周知，专业选手有赞助商，其实业余选手也有，赞助商的签约范围已经扩大至业余一流选手或知名选手。越野跑领域更为特殊，没有专业选手和业余选手之分——由于越野跑没有纳入奥运会和全运会，国家体育总局没有投入，国家队、省市区队

的专业选手主攻的是路跑而不是越野跑，参赛最长距离为马拉松。当然，专业选手或特长生辅以越野跑专项训练，成绩大多能超过业余选手，毕竟底子不一样。

不过，就赞助的"价码"而言，赞助商给跑者提供的一般只有比赛的衣食住行，也就是装备、食宿费、交通费，没有现金支持。只有极少数实力雄厚的赞助商如红牛、赛博、萨洛蒙等能给选手一些现金。因此，在中国要想以跑步为生，非常艰难。

去还是不去？我犹豫了很长时间：一则最想参加的是知名度更高的环勃朗峰赛，尽管它的难度大大低于巨人之旅，却是一个很好的晋级阶梯；二则深知巨人之旅之难不在于332公里而在于24000米爬升，那是3个珠穆朗玛峰或16座泰山的高度，能把你磨死！沂山100公里是大陆最难的越野赛，爬升也就4550米，平均每公里45.5米，而巨人之旅平均每公里爬升72.3米，赛道的陡峭程度可

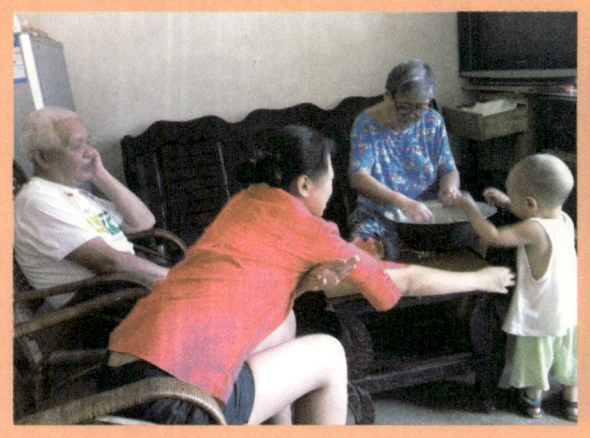 

回到老家,儿子帮忙择菜。作者摄　　　　　我工作过的机械厂。武剑锋摄

见一斑。

于是,有了"铁马冰河入梦来",有了"雪拥蓝关马不前"。我征求了许多朋友的意见,赞成者有之,反对者有之。新华社记者、跑友卢怀谦是个"智多星",也是我的"智囊"。他建议:"环勃朗峰赛有运艳桥参加,你跑不过他;巨人之旅呢,应该没有大陆选手和你PK。这就像田忌赛马。印象里大家去年没跑足332公里,期待你是第一个跑完全程332公里的中国跑友。"好友、易跑帮的主要成员之一李直也赞成我参加巨人之旅。

"梦想总是遥不可及,是不是应该放弃?花开花落又是雨季,春天啊你在哪里?"《老男孩》中唱道,"生活像一把无情刻刀,改变了我们模样。未曾绽放就要枯萎吗?我有过梦想……"是该为梦想放手一搏的时候了!在一个雪霁后的冬日,我不再纠结,拨通周斌的电话:"我愿意迎接挑战!"

说来也奇怪,从那一刻起,我的心灵陡然变得宁静,再也没有梦见过阿尔卑斯山——从今往后,不需考虑是否参加巨人之旅,只需考虑如何完成巨人之旅!

"2012年12月28日,泰尼卡(TECNICA)中国公司正式与跑友荒城签约!他将在2013年成为泰尼卡中国越野跑队的一员,他也将是泰尼卡中国公司全程赞助参加2013年巨人之旅比赛的队员。我们期待队员们精彩的表现!"泰尼卡中国官方微博如是发布。

"这个寒冬发生了什么,让你做了这个决定去挑战那个魔鬼地狱?"跑友冷馨儿留言。久居国外的2in1-Daniel说:"巨人之旅属于倒吸几口冷气、令人仰视的比赛。"益跑网老黄笑言:"期待荒城联手队友奥巴巴出征巨人之旅,双星互映,熠熠生辉,两个头灯比四个还亮。别人是翼翼蜗行,你们是大步流星。记者奔走相告:再也不用费心区分荒城和奥巴巴啦!"

谁将与我并肩作战?泰尼卡拍摄了招募视频,制作了招募海报,面向中国大陆招聘3位自费参加者,费用为3万元人民币。3月1日,在北京国家会议中心ISPO亚洲户外展上,泰尼卡举办新闻发布会,公布参赛选手名单:汪大清(奥巴巴)、金飞豹(金飞豹走天涯)、陈漱文(Power42195,被跑友音译为破碗)。在泰尼卡的展台,我"伫立"在巨大的招募海报上,当了回"门神"。

泰尼卡发布消息:"我们泰尼卡越野跑队的队员们都是国内马拉松跑或越野跑的精英选手,除了王子尘、王焱、王前和汪大清之外,今年新加入TTT队伍的曾华锋(荒城)也是跑步圈有名的好手,他的加入也让我们更有信心。TDG巨人之旅、TNF 100、北京马拉松、大连100越野赛等国内外重点赛事都是今年泰尼卡越野跑队队员们会参加的比赛。"

泰尼卡中国越野跑队成立于2010年,是国内为数不多的越野跑队之一,由亚洲运动用品与时尚展(ISPO BEIJING)和来自意大利的功能性运动内衣品牌Mico、国际上知名户外运动帽、墨镜品牌快乐狐狸(Actionfox)、意大利奥斯塔山谷大区共同赞助。越野跑队组织了一些约跑活动,活动地点主要在西山和门头沟。

路跑拉练:连续四天每天50公里

面对一头牛,寻常人不知道从何下手,而庖丁则三下五除二就将牛剔开,是谓"庖丁解牛"——经过反复实践,掌握客观规律,做事得心应手。面对巨人之旅这个庞然大物,我和多数跑者一样不知道怎样备战,只能根据往常的经验,将大任务分解成一个个可供操作的小任务,犹如游戏中的闯关。

2013年上半年属于基础期,主攻100公里越野跑,在4月20日至5月19日的一个月内完成三个100公里越野赛:大连100公里、北京TNF 100公里、沂山100公里,名次分别为第四名、第十名、第十六名。国内完成"一

月三百"的选手大约十几个。

6月15日,中国海拔最高的全程马拉松——兰州马拉松在海拔1500多米的兰州市区举行,身体尚未完全恢复的我,穿着越野鞋以3小时15分的成绩完成了一次亚高原训练。我在兰州待过4年,第一个马拉松就是在那备战的,黄河两岸、兰山上下,都见证过一个菜鸟跑向全国跑向世界的过程……

七月流火,我带着妻儿回到阔别三年的湖南故乡煤矿,给70岁的老妈做寿。老妈见到我的儿子,笑得合不拢嘴,抱着他就往家里跑,全然忘了她身后还有个儿子。儿子在老家玩得很"嗨",把纱窗门推来推去,在洗澡盆里把水打得四溅,将偌大的蒲扇摇得像转轮……不过,面对35–38℃的高温、50%以上的相对湿度,我却天天像洗桑拿,步也没跑几次。

我带妻儿去曾工作过的简陋的矿机械厂。19岁技校毕业后,我在那待了两年,在轰鸣的机器声中自考、写作,20岁即在《邵阳日报》发表头版头条文章,并成为《涟邵矿工报》最年轻的优秀通讯员。那会儿,我的最高理想是当矿宣传科新闻干事。可惜没能实现,甚至调到矿子弟学校任教也宣告失败,我像《人生》中的高加林,抱着被子痛哭了一场。

若干年后,《涟邵工人报》发表了总编辑姚作军报道我考上北大的整版文章;同年,我出版的长篇纪实《暗访黑帮》摆进了全国各大图书馆包括矿图书馆;又若干年,矿宣传科订阅的《人民日报》上开始出现署名"本报记者曾华锋"的报道……

挥别泪眼蒙眬的母亲,离开炙热如火焰山的湖南,以前觉得炎热的北京因时不时下雨而显得清凉。离9月8日的比赛还有整整50天,掐掉5天调整期,只有一个半月。刀枪入库马放南山的日子该结束了,厉兵秣马枕戈待旦的日子已然来到!

按照计划,专项训练开始:将进行8轮左右的训练,每轮3–7天;工作日以路跑为主,双休日以山地跑为主;单次最大跑量为50–60公里,单轮最大跑量超过200公里;速度不重要,完成距离最重要。

在香山上俯视京城。
作者摄

防火道全部变成了水泥路。
作者摄

我曾说过,备战100公里不是人干的事。那么,备战巨人之旅更不是人干的事!连续多日大跑量,连千里马也受不了!身累是一方面,心也累啊——每天都在惦记着跑步,每时都在惦记着跑步,甚至连睡觉时都在梦中计算跑量。

我变得像阿甘一样,到处是训练场,无论去哪儿都跑着去:去超市、去餐馆、外出办事……夜晚上下班也不再骑车,而是以跑代走,来回7公里经常变成加长版十几公里。这可是增加跑量和频率的杀手锏!一天一跑变成了两跑,甚至三跑四跑,每天最多洗澡三次。

整个三伏天,我几乎没有歇气。虽说常年"冬练三九,夏练三伏",貌似超人钢铁之躯,但其间甘苦只有自知。难受时,我就告诉自己,你正在迈向巨人之旅的路上,这是许多人毕生追求的目标。你现在跑过的每一步都在为未来垫底,流的每一滴汗都在滋润梦想之花。四十不惑,这也是一个少有梦想的年龄,你要用自己的全部热情和体能去拥抱梦想……

好多次太阳当空,我冲到公园的喷头下,将衣服浇湿,实施物理降温。有段时间,脚踝在灵山扭伤,每跑一步都很难受。如何面对低谷?跑还是不跑?最后还是选择了一瘸一拐地出门。我相信这些磨砺必然会在比赛中经历,来得晚不如来得早。我是无神论者,我相信人力可以直抵灯火通明的彼岸;如果人力无法抵达,也不会有什么神力来帮你。

在微博上看到一句话:"忍别人不能忍的痛,受别人不能受的苦,才能收获别人不能收获的收获。"巨人之旅是极少数勇敢者的游戏,所以挑战者必须忍受绝大多数人不能忍受的痛苦。如果不经历艰苦训练就能完成,那它就不会名列世界最难的赛事之列了。

那段时间,速度降了很多,但跑量比速度更重要。低谷时如果都能完成跑量,就没啥可以畏惧的。意大利籍人、卡塔尔国家田径队主教练Renato Canova说:"任何低于80%的比赛速度对于训练来说都毫无意义,除了恢复性练习。"于我而言,

马拉松专项训练的底线是每公里 5 分钟，巨人之旅放慢到六七分钟甚至七八分钟也属正常。

看到我难受的样，不断有跑友好心地建议：别跑了，收工吧！他们怕我累着，怕我受伤。不过，我最清楚自己的耐受力和极点。正是训练的黄金时间，要让体能在这个时候达到最高峰值，怎么能半途而废呢？我不会去做超出自己潜能的事，但也不会放弃挑战自身极限的机会。人生难得几回搏？你非他，更非我，未知我梦里有梦。

当时，一些跑友正在备战北京 100 公里徒步大会。国内排名前十的越野跑悍将邱长贵来电：周末夜跑四环。四环内环 67 公里，状态好的话能进 5 个半小时。这是我挺想做的一件事，但一直没能成行，这次又因另有跑山计划而错过。在外人眼里，我们就是一群跑步疯子！

内在驱动力不足时，我就去北京化工大学参加好友田玉桥担任教练的多威训练营，感受你追我赶的氛围。田玉桥在部队当兵时多次因长跑夺冠而立功，全程马拉松最好成绩为 2 小时 37 分，获得北京马拉松业余选手前 5 名，后转身去光明乐跑担任教练。

就这样，我跑过一轮又一轮，迎来了连续 4 天每天 50 公里的挑战：在 8 月 9 日 20:00 到 13 日 11:00 的 87 小时内，完成跑量 202 公里，超过原计划每天一个马拉松。身心俱疲，但有一种超越自我后的成就感。在比赛中，能疲劳作战甚至带伤作战是极其重要的一种能力。

整个夏天，人黑了一圈，成了名副其实的黑人，只是没有黑人的速度。一位同事看到我摘除了手表的腕部说："没想到你还挺白的！"我笑言："你们只看到我的黑，却没看到我的白；你们只看到我的笑，却没看到我的泪；你们只看到我的快，却没看到我的汗。"

西山大练兵：三天完成跑量 175 公里

赛前，欧洲一位选手在赛道上训练了 10 天，总距离 400 多公里，爬升 30000 多米；泰尼卡意大利越野跑队员、上届巨人之旅第五名 Franco 在赛道上走了3天共3个赛段150多公里，夜晚扎营睡在山上。他说："在高山上睡觉也是一种训练。"其实就是适应高海拔。他在本次比赛中再次突破自我，越飞越高。

依照循序渐进的原则，我的跑量越来越大，身体恢复得越来越快，如果要我去跑环青海湖360公里，四五天完成大抵不成问题。不过，目前的训练以路跑为主，山地跑过少，不足以对付纯山地的巨人之旅，必须进行最关键的多日山地跑。

如果说马拉松专项训练是30公里以上长距离配速跑，那么巨人之旅的专项训练则是连续多日的超长距离山地跑。一轮夜班结束后，我决定去西山模拟实战，搞个"背靠背"或"三连跑"。只有完成了这项训练，才有希望完成巨人之旅。

西山乃何山？西山是太行山的一条支阜，古称"太行山之首"，又称小清凉山。宛如腾蛟起蟒，从西方遥遥拱卫着北京城，历经房山、门头沟、石景山、昌平等几个区县。距城区较近的香山、八大处、翠微山、虎头山更为人们所熟悉。

8月27日，天气转凉，预报有雨，无所谓了，只要不热就成。背了4升水，加上乱七八糟的东西，背负超过5公斤。从苹果园地铁站出来时，大脑一热，脚就"贱"了——没从正面出来，而是反方向出去，一跑一跑就不知道到哪儿去了。三四公里后，终于见到一条上山的路，不管三七二十一，上去再说。见到一女驴友，方知是虎头山。

路边有一树树的野山枣，个别的红了熟了，多数还青着。手又"贱"了，采摘一些，边走边吃。吃完了又摘。我说，荒城啊，你是来训练呢还是来采摘呢？果断放弃。但后来看到又是一树一树的，止不住又采，结果被刺扎了一下，真是报应！

在防火道上跑到新望京、老望京、四棵树，然后脚又"贱"了，走了条新路。沿着曲曲弯弯的水泥路下行好几公里，出现土路，灰厚得淹没了鞋子。再走就是军队的营房，一个班的战士在训练。一位战士小跑过来，热心帮我指路，但我最终也没走对，七八公里后又到了另一个"军事禁区"前。咋这么多禁区呢？几番绕行，最终回归人间。

就这样阴差阳错地出山，而距离才一个马拉松。于是沿着回城的公交路线跑到西苑，距离51公里，用时7小时50分，累计爬升1600米，差强人意。

训练时没下雨,回来的路上下雨了,早上赶去上班的人们这会儿又赶着回家。我则在西山"上"了一天班。

翌日,雨后的西山云雾环绕。浑身是汗,便蹭蹭灌木上残留的水珠湿身,或摇落树叶上的水滴搞淋浴。路上一个人都没有,遂打开手机中的音乐,里面有我最喜欢的草原歌曲、古典乐曲、流行歌曲、影视歌曲,听着很有感触。8 小时跑了 64 公里,累计爬升 2300 米。

第三天也是最后一天跑山时,天气晴好,蓝天白云凉风。从模式口登顶新望京,下到老望京,再上新望京,然后突发奇想去旁边西山的最高峰克勒峪看看。顶上只有一个像碉堡的东西,阴森森的。从北面下到香山景区,不用买门票。慢慢晃到鬼见愁,再右绕墙边一路跑下去。在防火道上看到一条小蛇,幸亏没踩着。56 公里用时 8 小时 49 分,爬升 2300 米。

加上热身、整理 4 公里,三天山地专项训练共跑 175 公里,累计爬升 6200 米。这个距离超过环勃朗峰赛的 100 英里即 161 公里(实际比赛距离经常改变，近年增加到168公里），只是累计爬升差得远。没有参加过100英里比赛，只能在训练中体验一把了。因此，不能武断地说我是从100公里大跃进到332公里的，中间至少有100英里山地、200公里平路打底。

在央视九套极致玩家栏目客串的王博帮我拍了些镜头。王博是兰州人，敦敦实实，毛发较浓，大家叫他"长毛"，有匈奴人血统。他原在甘肃卫视就职，后离职来京，边玩登山边在雍和宫开了一家咖啡店和一家足浴店。这一年，包括之前在雪地拍摄招募视频，以及之后去意大利拍摄比赛，王老板都是我的随身摄像师和摄影师，任劳任怨，日夜兼程。在模式口拍摄时，日薄西山，大风骤起，竟有寒意。阿尔卑斯山应该比这冷得多吧？巨人之旅的赛道上会不会有风霜雨雪？

常人只看到我们驰骋赛场、对决巅峰、风驰电掣，却没看到我们埋头苦练、忍饥挨饿、挥汗如雨。越野跑就是将跑者置于困境，然后全力摆脱。人困马乏时，终于明白，香车美女别墅乌纱都是浮云，一瓢食一箪饮一个好觉便是全部。

王博摄

CHAPTER 02 模拟比赛,我在灵山上看到阿尔卑斯山

西山、大五台、小五台、灵山，哪个最像赛道？

"赛前怎样备战？"2010年巨人之旅男子冠军、泰尼卡签约选手Ulrich Gross在北京召开分享会时，坐在我旁边的"高帅富"于雷问道。Ulrich Gross回答说："我生在山区，出门就是山。每天跑4个小时的山，其中1个小时快跑，其余3个小时慢跑，把时间跑够。我的训练时间几乎等同于工作时间。许多时候，我和姐姐一起训练。"

本土作战比跨国作战具有绝对优势，意大利、法国、瑞士等国家的选手出门就能上阿尔卑斯山的赛道训练。同样原因，这些超人到了北京则水土不服，不是退赛就是被我等秒杀。不过，我们要记住的是人家的巅峰纪录。

"能否在北京及其周边找到一片模拟赛道的山区？"这是我接受挑战后琢磨的问题。许多人以为北京只有一座山——香山。实则，香山是北京很不起眼的一座山，海拔不过500来米。在门头沟、延庆有好几座2000米以上的大山，如东灵山、海坨山、雾灵山。1000多米的山则比比皆是，如凤凰岭、阳台山、百花山、妙峰山、云蒙山，每座都比香山漂亮！

　　巨人之旅分为七个赛段，多数赛段距离在50公里上下，累计爬升4000米。西山可以不重复地轻易跑出50公里甚至100公里，但难以同时爬升4000米至8000米，并且路况太好、海拔太低、温差太小，不符合赛道特点。

　　玩户外的驴友首先想到的会是山西大五台与河北小五台。2011年8月，在三次跑错的情况下，我用9小时05分连穿大五台。如果认路，8小时没有悬念。大五连穿48公里，累计上升1850米，难度低于巨人之旅的一个赛段，交通比较麻烦：坐了火车还得转汽车，旺季很难买到卧铺。

　　小五台连穿的难度较为理想：距离接近马拉松，累计爬升3400米，最契合巨人之旅的特点是路烂——北台的1600米急剧爬升、东台的左切右绕、南台的乱石路与草窠路，都那么令人"销魂"。2010年6月，我用14小时03分才完成连穿，穿着马拉松鞋的脚板被硌得生疼，每迈一步都想踩稳点踩平点，以减少难受度。不过，小五台的进山费已经由40元暴涨到200元。怎么没听说阿尔卑斯山要收进山费呢？打着护林幌子收费的护林员已经成为户外穿越最大的障碍！

　　还有一条经典线路是三灵连穿——河北的西灵山、北京的东灵山与北灵山，最高峰石城为2420米，距离约50公里，累计爬升逾3000米，相当于巨人之旅的一个赛段。西灵山距天安门160公里，只要三个多小时的车程。另外，绿野去灵山的队伍较多，可以借船出海。

　　于是，我在电脑桌面上建了一个文件夹"三灵连穿"，期望在出国前完成。有道是"好事多磨"。受制于天气是否给力、路线是否熟悉、体能是否充分等因素，强度越大的线路一次成行的概率越小，我并不指望能一次完成三灵连穿。

　　大五连穿我是一次成行。小五连穿则在过去几年里陆续走了三次：第一次因体力不支在中台睡了一觉，少走了个南台，贺兰月明、老大海、燕南飞、姿由姿在、黑夜的彩虹用16个多小时走完；第二次随花鼎队上行北台，电闪雷鸣、倾盆大雨，被迫下撤，每人摔了十几个屁蹲儿；第三次风和日丽，终于成行，其难度感觉与百公里赛有一拼。三灵连穿会怎样？

两灵连穿：一边是"驴道"，一边是"马道"

绿野（www.lvye.org）暂时没有三灵连穿的队伍，于是我选择陌上姑娘发起的东灵山和北灵山连穿。6月29日，我们从河北境内的一个废弃矿场出发，两三百米后即是急剧上升，是谓"下马威"——驴友取的名字，和海坨山的"销魂坡"如出一辙。随着海拔由进山口的1300多米逐渐上升，我的位置也由队尾移到队首，并自此开始一个人的征程。

这条线反向走过两次，一次是2005年8月，领队是北京男孩KK；还有一次是2007年4月，领队是浪翻云，不过起点是刘家峪。那会儿，前队都是绿野好手，八九小时完成穿越。相隔多年，有些路记得不是太熟，只能凭感觉。好在几个制高点的位置及沿途的重要参照物均了然于胸，加之部分路段有驴友做的路标，因此认路不是大问题。

太阳当空，最畅快的是跑在树荫下。蓦然回首，起点已在身后，河北西灵山端坐雾海。庞大的山体上，树木葱茏，草甸青翠，马儿溜达，羊群如云……阿尔卑斯山也不过如此！欧洲人围绕阿尔卑斯山举办了诸多知名赛事，咱们中国人守着这么多名山大川愣是没搞出几个像样的赛事。只要将灵山及周边山区利用起来，就可以举办精彩绝伦的100公里赛。

或许是从兰州归来不久，跑在海拔一两千米的山上，没有缺氧的感觉，反倒是海拔每升高千米气温下降6℃凉爽怡人；或许是近年体能提高的缘故，高山似乎变矮了，长路似乎变短了，以前觉得很遥远的一个个参照物倏忽飘移到眼前，好似按了快进键。

登上鞍部，前面是呈弧列组合的多个山头，最高处就是海拔2303米的帝都之巅东灵山！那儿被取名为五指峰，不过我数了一下，山头的数量不止五个。中途走岔了一段，从左边绕了过去，接着从没路的地方踣出一条路，直接沿最陡但最短的位置上升登顶。

当地人把北灵山叫作韭山。顾名思义，长满韭菜的山。巨大的山脊上，放养着一只只白羊，牧羊人的鞭子甩得满山响，像是打靶声。在最美的草甸上，立着一个用石块和树枝筑成的尖堆，我走过去默哀——在中央电视台就职的如花年华的夏子在这里因身体失温而遇难。在刚经过的东灵山下，另两位驴友因同样原因遇难。失温致死，通俗地说，就是被冻死了。

青山寂寂，天地无语。绝美的风景下掩藏着凄凉的故事。没有想到的是，我后来在巨人之旅比赛中，也体验了短暂的高山失温。

芳草萋萋遍北灵。再仔细看，"芳草"其实是韭菜。掐一根尖，香味冲鼻。许多驴友在这里割韭菜，用来包饺子、炒鸡蛋。不管好不好吃，至少是纯天然的有机菜。也有驴友环保意识强，反对割韭菜。实际上，韭菜割了一茬又能长

出一茬。没带刀没带袋的我飘过。

　　行进途中,有一个点令我久久伫望——山道与防火道交汇处。这也是我人生的分叉点:一边是"驴道",驴友的穿越之道;一边是"马道",跑者的超级马拉松之道。我是从驴友成长起来的跑友,也有过很菜的时候,从景区夜袭东灵山都没能登顶,五六小时登顶泰山后下山时像喝醉酒一样脚都是飘的,跟着山鹰社社员穿越凤凰岭与阳台山时落在队尾……

　　7月6日,继续进山"修炼"。同行的是队友奥巴巴、王焱、王子尘以及巨人之旅选手陈漱文、跑友安成。凌晨3点45分,上完夜班后呵欠连天的我在五棵松上车,直埋怨奥巴巴存心不让人睡觉! 半梦半醒到了109国道,不巧,一辆货车铆足劲一举撞翻一辆火车,正在吊车,交警说要3小时才能通车。于是,绕道108国道,真是"起个大早,赶个晚集"。

　　上山走错了路,在"野猪林"里乱窜。腐朽的白桦树一碰就断,一触即折,好像我们练过神功。经过一番霸王硬上弓,我们站到了2100多米高的山脊。抬头望,左边是海拔2420米的石城,右边是海拔2406米的西灵山,我们杵在正中央,一肩"挑"一个山头。前面有一片华北落叶松林,小飞虫铺天盖地,一撩起树枝就满头满脸扑过来。在前面开路的我,用头巾遮住嘴鼻,再借陈漱文的手杖打飞树上的飞虫,一会儿爬一会儿钻,终于冒出了个头。

　　从石城下行时,已是下午,温度降低,云雾飞腾,瞬间遮蔽道路。沿右下的小路绕过巨石，走了一段后，路神秘消失。最终决定原路返回。"眼镜！"安成大喊，他居然在丛林中看到了王焱上山时丢失的太阳镜。大家感叹，好基友就是好基友！今天名曰爬山，实为寻宝。

三灵连穿：大雨滂沱，浓雾紧锁，被迫下撤

先是沿防火道蜿蜒上升，后从没路的草丛陡峭上升，接着在乱石上前行，然后在山脊上歪着脚横切……7月27日清晨，另一个绿野（www.lvye.cn）扬帆队的驴友从海拔1210米的河北梨园出发，准备进行四灵连穿——加了个南灵。这条线路为连穿中难度最大。

今儿个聚集的都是猛驴，爬山能力很强，在拍一张照片、喝一口水、撒一泡尿的当口儿，就会有人超越。下了一夜的雨，路上有些泥泞，草上和石头也变得溜滑。我们总用长度和爬升衡量难度，其实路况更为重要。这次的路况非常恶劣，常常是半个小时才走1公里。

哪座山是南灵谁都没搞清楚，其实也是驴友自个叫出来的名字，地图上都没有，当地人也不知道。上了两座2320米的高山，然后下降，再继续向正前方的高山进军。海拔上升到2400米时，我对扬帆说，南灵应该过了，这儿上去是石城。果然！

全身湿透，鞋子像条船，里面泡着脚，直打滑，好几次将鞋带系紧再系紧。石城下降的路相当难走，横切山脊时脚一直歪着扭着。最后的陡峭下降更是摔了好几跤，可别磕着石头！有时干脆坐在草上往下滑。到防火道后，第一次开跑，没歇一口气，一直冲到孔涧。

路边种了不少杏树，吃了两个杏子，酸得我！据说是用来取杏仁的那种，果肉一般不吃。没多久，追上一直领先的深海魔影、老洪等人。五指峰遥遥可见。钻林子是一件比较痛苦的事，又长又陡又窄又黑又湿。随后，抵达山脊，上到东灵山。

和100公里选手Jans前后脚到达九龙洼后，和深海魔影去饭店吃了碗西红柿鸡蛋面。小跑上山，云雾很浓，能见度不超过10米，到处白茫茫的，越

进发西灵山 / 作者供图

走心里越没底。随后,路消失了。往下一看,是六七十度的山脊,阴森森的。没有 GPS 轨迹,没有手台,没有收队,关键是能见度太低。想起夏子的罹难,我说撤吧,在安全面前,什么训练、什么面子都不重要。

此后,又走了一趟灵山。从五指峰的内侧登上垭口,视野骤然开阔,几朵野菊花在岩石缝中灿烂地开着,在风中摇曳。有点心疼,俯身下去,拍下这一瞬间,浮现的则是那句歌词:"山上的野花为谁开又为谁败?"

其实,它们不为谁开,只为自己开,你来或不来,它们都在这里兀自绽放。"生如夏花之绚烂,死如秋叶之静美"。经历过,拥有过,即无憾。人生何尝不是一种体验,我们只拥有此在这一个瞬间,其余都是回忆和展望。我们最终将败给时间。

不管是居庙堂之高,还是处江湖之远,都只是一种存在方式,自己感觉幸福即可。就像巨人之旅,成了怎样,输了又怎样,卸去战甲,我依然是我,依然生活,依然上班,依然在人群中朝你微笑走来……

连穿告捷:在夜袭与昼行中欣赏星空体会困顿

三灵都拿不下,如何能拿下巨人之旅? 8 月 23 日 23 点 50 分,我随绿野大兵、陌上、山里人、四脚朝天、Daydayup、Vols 等驴友在暮色沉沉中再向虎山行。阵容之强大为绿野罕见,如贺兰月明、燕南飞等,个个都是驴中精英。

月明星稀,气候宜人,连微风都没有,领队挑的就是这个日子。许多登雪山的人,常在山下静候好日子的出现。凭借头灯及月圆之明,轻松穿过防火道和小树林,直抵西灵山。这条道相对简单,起点海拔已有 1450 米,爬升舒缓,只有钻树林坡度极大爬升集中。队伍总体速度相差不大,等人也就当作休息了。

领队要求,夜间行进,保持队列,不能单飞。登顶石城后,领队才允许前队先行下到孔涧。队伍分成了几拨,我们这一拨仅四人,燕南飞、进宝,还有开路的一哥们儿叫不出名字。下错了路,走的是"邪路",极陡,灌木和小树极多,许多地方都是坐着滑行和钻过去的。好在那哥们儿有轨迹,很快重合,回归人间正道,和另外一拨队伍的几人会合。

由于要在孔涧集合,我也懒得跑,顺便看看走路的节奏。天亮后,在孔涧等了个把钟头,人终于齐了。我问大兵:"现在可以自由行动了吧?"他笑笑说:"可以!"我说:"那柏峪见!"实力强悍的燕南飞随我慢跑,一直跑到钻林子处,停下喝水,让我先走。我说你一直沿明显道路上升,途中有大兵挂的红布条。

登顶东灵山后,四野阒静,空无一人。快到缆车处,偶有游人上来,看到我的水壶背包都说专业,原来专业这么好伪装。下山和碎石路很考验脚踝,由于崴过不久,这回速度大减。

通宵未眠,在北灵一带就睁不开眼。到了四岔,更是又困又累又饿。上了那个大坡后,一屁股坐在巨石上,清理鞋子里的杂物,乘机休息了几分钟。在以往的训练中,我从不休息,把平路和下坡当休息,把慢跑和走当休息。

下黄草梁时,太阳高照,蜜蜂翻飞,游人和驴友纷至沓来。一位女孩摸着我短裤上粘的小绿球求说:"你这裤子真漂亮啊!"还有位女孩在下面大喊:"别过来,上厕所呢!"我心里盘算的则是连穿终于要成功了,跑野山的训练要结束了,我快要见到可爱的宝宝了。

自2004年在绿野注册以来,绿野见证了我的成长。无巧不成书的是,各战巨人之旅的几次重要跑山都是绿野组织的,我借船出海,因此特别要感谢领队和同行者!我在灵山看到阿尔卑斯山,我将在阿尔卑斯山想起灵山和队友。

CHAPTER 03

壮行会上,王子尘成了预言大师"腹肌男"

泰尼卡提供

宝宝想爸爸想哭了，我匆忙踏上离京的动车

于雷 3 个月跑完 2000 公里后，痛哭了一场。我没来得及痛哭，就匆匆回家上网买票——我要去山西看宝宝了！这是我最开心的事！在训练的日日夜夜里，我无时无刻不在想他。

为了避暑及给我提供充足的训练时间和空间，7月23日，我送老婆和孩子回山西娘家。检票时，我对宝宝说："龙龙再见！"往常，他都会嬉皮笑脸不断挥着小手。这回，他坐在推车上一直扭头看我，口里"嗷嗷"叫着，惊慌失措的样子，我的眼睛瞬间湿润了。"不养儿不知父母恩"，终于理解了老妈送我们时热泪盈盈、通电话时泣不成声的心情……

8月4日是我41岁生日。家里冷冷清清，客厅墙上挂着宝宝的大照片，沙发上有宝宝的小照片，电脑桌面是宝宝不大不小的照片，忍不住看了又看，看着看着就笑了，看着看着就心酸了："宝宝，爸爸真的很想你！"记得有一次午睡时梦见宝宝：我去山西，他们来接我。宝宝在推车上，背对着我，我心里可高兴了，想快点跑过去，但梦就醒了。

中间视频了一次，他妈妈问他："想爸爸吗？"他就哭了。他妈妈说，他想你了。我不信，16个月的宝宝哪懂？再问，他又哭。还问，还哭。挂完电话，他妈妈发来短信："我跟我妹妹说宝宝想你想哭的事，我妹又问宝宝：想爸爸都想哭了呀？结果宝宝一听又哭了。"

看来，他还真懂了——虽然不会说话，但我们说的好些话他都懂。比如说，问他"耳朵在哪里"，他就摸摸小耳朵；"眼睛在哪里"，他就眨巴眨巴眼睛；"鼻子在哪里"，他就耸耸鼻子；让他"把脚收回来"，坐在推车中的他就把露在车外的脚收了起来，然后冲我们一笑。

生日这天视频时，宝宝又哭得梨花带雨，把我心疼得。我说，早点回来吧。不过，北京这么热，回来也遭罪，山西寿阳则因海拔上千米而凉快无比。岳父岳母都在寿阳，照顾起来也方便。回到北京吧，我天天搞训练，又要上夜班，没有太多时间陪他们。

看着视频中的宝宝，真想抱抱他，亲亲他。已经会走路的宝宝最爱"求抱抱"

去山西看宝宝。武剑锋摄

了——伸出双臂,踮着脚尖,吵着嚷着,眼巴巴地望着,要我抱。我把手臂伸过去,他的手臂迅速像藤一样缠绕过来,不知不觉中就抱上了。有时不肯抱他,他就把腿脚一弯,勾成90度,像攀岩一样,蹬着我的肚子,爬了上来……

从来没有离开过宝宝这么久,终于明白了什么叫"思念之情"。以前,只知道这个词适用于恋人之间,现在才知道同样适用于父子之间。"无情未必真豪杰,怜子如何不丈夫!"目前,正是训练的关键时刻,我不能抽身去看他们,但若等到我从意大利回来则太漫长。

现在,训练结束了,我终于可以去看宝宝了!乘坐8月30日早上的动车,两三小时到达山西阳泉北。岳父找了辆车来接我。寿阳县植被丰茂,山林连绵不绝长达数十公里,森林公园和生态公园也郁郁苍苍,气候凉爽,真是个跑步的好地方!

宝宝刚见我还有点认生,哭哭啼啼,躲在妈妈身后,小心地看着我。我一阵心酸!都怪我这么久没去见他。宝宝依然很瘦,不过大脑发育了不少,许多话能听懂,会点头、会摇头,摇起来像拨浪鼓,弄得他妈妈又好气又好笑:"你摇一下就得了,别摇这么多下行不行?"

休闲不忘跑步,岳父开车带我们去滨河公园。我测了下,公园长1600米,道路平坦,人不多。他们在一起玩,我跑了20公里,挺慢的,海拔高的地方确实缺氧。跑完后,我们去店里吃饭,推窝窝、过油肉,挺不错。宝宝一会儿躲在椅子后边捉迷藏,一会儿在每个人身边绕一圈。一家人在一起的感觉真好,这就是常说的天伦之乐吧。

吃饭时,收到陈漱文的一条短信:"我在香港大屿山训练时摔倒,右手中指骨折。你一定要注意安全!"我的心"咯噔"一下。陈漱文虽然工作很忙,但训练刻苦,完赛的概率很高,我最看好他。没想到,还没出师,就出事了!

陈漱文后在博客中写道:"过了急降的路段后,离训练结束点的昂平市集不足1公里了,我大概是放松了警惕,在一段比较平缓的下台阶路时,滑了一下,右手中指碰到了石头。当日下午在香港玛丽医院拍了X光片,诊断结果是右手中指骨折,医生认为需要做手术,不宜参赛。这事情发生在我半年备战训练的最后一天,2000多公里训练路程上的最后一公里。"

我的山地训练在8月28日就结束了,进入调整期。不跑山,自然大大降低了受伤的概率。在山西,我继续不折不扣地完成了最后一轮亚高原路跑训练,三天累计跑量近百公里。

至此，专项训练期45天完成跑量1332公里，其中8月份的跑量为975公里。浙江跑友晨恋之路创造过月跑量710多公里的纪录，一位63岁的苏州跑友不服，将纪录刷新到724公里，上了当地报纸。我没有刻意和谁比，但无心插柳柳成荫。

我的晨脉已经降至44次每分钟，体重降至57.5公斤，身体质量指数BMI（体重公斤数除以身高米数平方）为19.66，各项指标均达最佳。

9月2日晚，我该走了，因为第二天泰尼卡要开会，晚上要约跑、开壮行会。依依不舍，抱着宝宝，亲着宝宝，热泪盈眶。不知何故，自从有了宝宝，变得容易伤感。宝宝不懂，安静地看着我，以为我是平常的出门，很快就会回来。实际上，相见将在一个月之后……

业余选手出征，《人民日报》刊文助阵

"作为中国唯一获得泰尼卡公司全程赞助的参赛选手，我将踏上位于意大利库尔马约的起跑线，跋山涉水、不舍昼夜……"最后一个夜班结束后，回望那条灯火阑珊的西大望路，我不敢相信在那里跑了上百公里。背包里装着《人民日报》的内部报纸《社内生活》，里面有我的文章《迎战巨人之旅》。

这些年，人民日报社的领导和同事对我参加马拉松、100公里赛和巨人之旅甚为关心。社长张研农当面提出表扬，前任副总编江绍高每次见面都要聊一聊，副总编辑马利在内部会议上帮我"宣传"，副总编谢国明多次发来短信进行肯定。

总编室主任杨涌毕业于兰州大学，和我的跑友帅克是同学，100米跑到12秒整，拿了系里的亚军。他建议："不要追求成绩，能完成巨人之旅就是壮举。"新闻协调部主任曹焕荣提及给我做微博报道。内参部主任唐宁亲力亲为，给我当过北京马拉松的"拉拉队长"。

"人民日报应是全新媒体，采编队伍中也应有全面人才。"发行部主任李忱说，"你的参与不仅仅是人民日报的一员参与了比赛而且取得了好成绩，更

重要的是你以另外一种形式体现了人民日报的一种精神,扎实努力,勇往直前。建设国际一流媒体靠扎实积累,靠一篇篇报道,靠一件件的事去做,就像长跑是一步步拼出来。无论怎样遥望星空,终归要脚踏实地。"

8月24日,《人民日报》第七版刊发消息《中国大陆选手将出征332公里越野赛》,人民网、网易、凤凰网等迅速转载,益跑网也发了消息。以往只有专业选手出国比赛才有媒体报道,这回业余选手也"享受"到了同等待遇。

在采写这个消息时,我与跑友杨源通了一次电话。电话中的他爽朗、热情:"我和刘玉美一起走,往返机票都买好了,5400多块钱。"我说,看来你们1万块钱就能打住了。当问及训练和装备情况时,他没谈训练,只是说都准备好了。末了,他说谢谢我的关心。

杨源现年43岁,内蒙古人,在北京一家房地产公司当会计,没有成家,跑步跑得很疯,哪里有比赛哪里就有他!经常周六参加一个比赛,然后星夜兼程去赶周日的比赛,经常听到他"在赶来的路上"。据说,他已经完成了99个全程马拉松和15个100公里,是国内为数不多的"百马王子"。业余跑界比专业跑界好玩多了,各有各的追求:跑得快、跑得远、跑得多、跑得"花"……我曾写过一篇《业余签约跑者,剑走偏锋的草根明星》。

我和杨源打交道并不多——他不写博客,不发微博,没有文字交流的机会;也很少参加合练和活动,基本没有机会见面。他常常以赛代练,只有在赛场上才会偶尔擦肩而过。记得在2012年9月北京门头沟100公里

中国大陆选手
将出征332公里越野赛

本报北京8月23日电 9月8日至14日,世界难度最大的耐力越野赛之一意大利332公里"巨人之旅"耐力越野赛将在意大利西北阿尔卑斯山举行,中国大陆6位选手准备出征。

"巨人之旅"环绕意大利、法国、瑞士3个国家,翻越25座大山,累计爬升2.4万米,关门时间为150个小时。

今年,泰尼卡中国公司组织的4名选手曾华锋、汪大清、陈漱文、金飞豹,以及自行报名的选手杨源、刘玉美将参赛。其中,曾华锋为本报记者、泰尼卡中国越野跑队队员。

徒步大会上，我们就有过这么一次擦肩：他匆匆摸出相机，要给我照相，我停下片刻，微笑定格，再迅速转身。

唯一的一次非赛场见面是在重庆卫视拍摄一档马拉松节目时，同为访谈嘉宾的他笑称我为"老大"，让我先谈。我说我怎么敢当老大，你比我先到，年龄比我大，跑的马拉松也比我多，你先谈。奥运期间，该节目如期播出。

起初，和杨源一起自行报名的选手还有湖北杯群（化蝶）、福州陈静（陈静在超越）、北京王宗法（我是小王）、山东刘玉美（风月无边），但因种种原因放弃了参赛的机会。只有杨源和刘玉美没有放弃，不厌其烦地签证、买机票、订旅馆，许多装备都是借来的。

名单中漏掉了旅居挪威的清华毕业生胖胖熊，中文名曹晋，报名表上为"Cao Jin"。曹晋参加过许多世界越野跑赛，文章写得非常华美、绚烂，糅合了大量诗词、音乐。不过，戎马倥偬的他，两度征战巨人之旅失利，再次证明巨人之旅很难。

港澳台参赛选手的情况不为我们所知。赛后才知道，台湾和澳门没有选手参加。台湾人喜欢搞超马、24小时跑、48小时跑，林义杰还来了个10000公里丝绸之路跑，但是很奇怪，台湾选手很少出现在世界越野跑大赛上。可见，一个地方有一个地方的突出特色。

香港倒是越野跑盛行，其水平逐渐与世界接轨。有3位香港选手参加巨人之旅：吴秀华夫妇及曾庆坚。吴秀华身材苗条，容貌秀丽，实力超群，全程马拉松成绩在3小时10分以里，在2013年4月14日结束的摩洛哥撒哈拉沙漠地狱马拉松中得过女子第六，这是亚洲选手在该赛中的最好排名。不过，她和胖胖熊一样，刚完成过UTMB，短短一周难以全部恢复。

需要说明的是，巨人之旅对报名选手没有设任何门槛："本次比赛向所有年龄达到20周岁的男女开放，不论他们是否是任何跑步协会的会员。"大陆选手的中签率相当高。而环勃朗峰赛则要求有7个积分——难度较大的100公里赛可积3分，50公里赛可积1分，大陆选手的中签率很低。

"中国大陆选手有4位是我认识的，他们是曾华锋、陈漱文、杨源和刘玉美。"跑吧老李点评，"和曾华锋的相识缘于海口马拉松，是他第一个在《人民日报》报道了海口马拉松风波的有关情况。其后，各媒体也都陆续报道了这件事。后来，我参与研究跑吧马拉松段位设计，成型后，也是他电话采访了我，第一个

在《人民日报》做了报道。曾华锋对推动海口马拉松运动，对宣传推广马拉松段位都是有功的。"

老李还说，陈漱文、杨源都参加过 2009 元旦海口马拉松赛。陈漱文的参赛很富戏剧性。最有趣的是他获得 2009 元旦海口马拉松的男子全程最后一名，成绩 5 小时 25 分。"谁会想到，当年的菜鸟，几年之后竟一飞冲天了呢？"

其实，早在 20 世纪 80 年代，还是大学生的陈漱文就参加了马拉松比赛，属于资深跑友。中断了 N 年后，陈漱文重返跑道，海马只是恢复性训练。后来，他越跑越疯，一马比一马快，最后将 PB（个人最好成绩 Personal Best 的简称）跑到了 3 小时 14 分。

跑友隆重壮行，今宵酒醒何处

"送战友，踏征程，默默无语两眼泪，耳边响起驼铃声。路漫漫，雾茫茫，革命生涯常分手，一样分别两样情。战友啊战友，亲爱的弟兄，当心夜半北风寒……" 盼啊盼，盼过了冬天，盼过了春天，盼过了夏天，当秋天来临时，出发的日子就快到了。

9 月 3 日上午，我弯着腰骑着山地车，和奥巴巴、陈漱文来到泰尼卡公司开会。Roby 通报了出国行程、注意事项、必带物品及其他比赛信息。她说，比赛的时候预报有雨，要做好防雨、保暖准备。于是，我们向 Mico 申请了保暖长衣长裤。

此外，我们拿到了从意大利空运过来的 Gabel 手杖。本说是碳纤的，结果是金属的，560 克一对。陈漱文、奥巴巴都有黑钻的手杖，一对不到 200 克。话又说回来，金属杖重是重些，但不会轻易折断或弯曲，试想，在陡峭路段，如果杖折了，将会有什么后果？

日落时分，泰尼卡在奥森举行约跑活动，五六十位跑友聚集、合影后，轻快地跑向益跑网和户外探险杂志办公的位置，因为壮行会将在那里开始。

益跑网创办于 2012 年，在跑界享有盛誉，我、帅克、珊瑚等人是该网的签约专家。首席记者石砚秀是大陆长跑好手，拿过北京徒步大会 100 公里女

子冠军，编辑赵小钊也是痴迷的长跑爱好者。负责人老黄颇有才情，常常只言片语，才华毕现。

在露天空地上，摆满了一排排椅子，前面悬挂着白色的幕布，像极了小时候看露天电影。泰尼卡准备了录像片，并拿出意大利红酒、起泡酒、点心供跑友享用。当时没有在意，比赛时才发现补给站里全是这些东西。壮行那是要喝酒的，酒量偏小的我喝了半杯红酒。

周斌担任主持，我和奥巴巴、陈漱文先后走向前台，介绍备战情况。陈

漱文练得挺狠，上半年完成了大屿山100公里、广州江门100公里、环洱海100公里、大连100公里、TNF 100公里、沂山100公里等众多赛事。专项训练期，一个月内去香港跑山8次，爬升30000多米，最后一次跑山摔倒导致右手中指骨折。能否参赛？他决定先去赛道上走一两段再说。

奥巴巴和金飞豹结队走完了6月份在新疆举行的250公里戈壁长征，获得团队第三名，准备继续走完巨人之旅。戈壁长征的报名费高达3500美元，是"贵族运动"。赛时要背32项强制装备和7天食物，重达10公斤左右。另外，所有选手必须提交一份身体健康的证明文件，还要与组委会签下生死自负的文书。而昂贵的报名费里，就包括尸体遣送费，巨人之旅的保险单里也包括这项费用——不是用来吓人的，确实有选手遇难。

阿亮给我们传授了比赛经验。王子尘则嘻嘻哈哈地说："我去年退赛了，这说明赛事很难。"台下一片哄笑。他说："荒城要多吃点，破碗手指受伤增加了变数，奥巴巴可以去赛道上体验体验，豹哥呢还在路上……"子尘成了预言大师，插科打诨间给每个人定了位。到底准不准？还待下回揭晓。

"荒城的训练很系统，而且天资不错，只要不冒进，完成332公里没问题。"雪白的年糕团写道，"在巨人们准备挑战自己的时候，也有很多人准备去完成人生的第一次，比如说冷馨儿将和先生一起完成第一个百公里……"博文标题富有哲理：我们每个人的心里都住着一个巨人！她的老公、我的队友王焱说："你们流过的汗和血将是TDG征途上最好的补给！"

临行前的那个夜晚，我坐在电脑前，将《出征巨人之旅感言》发在博客上："几乎所有的朋友都建议我安全完赛，不要追求成绩，我会把大家的嘱托放在心上，时刻倾听身体的声音，像'一月三百'那样稳中求进，我行我'速'。"

许多跑友给予了热心支持，帅克说："让我们骄傲的是，这些巨人是从我们的身边走向阿尔卑斯山的，你们是带着我们的梦想去的。等待着你们安全地回到我们身边。"煎饼咸菜说："巨人之巨在于平日里巨大的坚持力，荒城之内繁花似锦。"

此后十几天，我再也没有发表过任何博客、微博、微信，而是把宝贵的时间留给研究资料、背诵数据、查缺补漏、清理装备、实地探路……任何事情在没有完成之前，都是未知数，你可以猜得到开头，但不一定猜得到结局，尽管我内心那么强烈地需要一个圆满的结局。

在泰尼卡开会。作者摄

训练时写博客，不是高调，更不是炫耀，而是内在的驱动力不够，想获得外在的鼓励和动力，以完成艰巨的任务，说白了是心虚；赛后不写博客，不是受打击了，更不是颓废了，而是没有想宣泄的东西了，心静了。

"你这么高调宣传 UTMB，一旦跑砸了怎么办？"珊珊在参加法国环勃朗峰赛时说，"我突然想起了某人曾给我的留言，我顿觉他完全可以兼职当预言家了。"实则，不需预言，比赛只有两种结果：跑好和跑砸。我们必须做好跑砸的最坏打算。

并不是每个人都是你的忠实粉丝、铁杆伙伴，总有人在等着看笑话。周立波发现，在网上叫得最凶、挑拨离间的人，在生活中多是 Loser（失败者）。韩寒则说："做事是你的原则，碎嘴是他人的权利，历史只记得你的作品和荣誉，历史不会留下一事无成者的闲言碎语。"

CHAPTER 04

首次出国参赛,勃朗峰遥坐云端苑若王者

抵达美丽的小镇库马约尔,免费早餐是我的最爱

背着一个背包,拖着一个皮箱,9月5日清晨,我们来到首都机场。大家都说我的行李少,其实这是我行李最多的一次,里面全是装备和补给。我讲究简约,可带可不带的一般不带,因此在2013年大连100、TNF 100中,手持一个550毫升水壶跑完全程。

我称过装得满满的水袋背包,约2公斤,再加上1.5升水、半公斤手杖,总重超过4公斤。有点重,没办法,都是必需品,无法再精简。好在训练时也带这么重的东西。越野跑速度之所以大大慢于路跑,除了路况的因素,负重是另一个原因。

越洋坐飞机是一件超级无聊的事,时间过得特别缓慢,椅子上的小电视看久了眼花。幸好,我带本古典小说《杨宗保征西》。这本书是我少年时代在新华书店买的,放在老家20多年了,封面已被老鼠啃了个角。奥巴巴说:"这书好!你现在就是去征西!"

经过在德国法兰克福的转机和意大利米兰的转车,颠簸十几小时后,阿

尔卑斯山由远而近。阿尔卑斯山（德语 Alpen，法语 Alpes，意大利语 Alpi，斯洛文尼亚语 Alpe），是欧洲最高大的山脉，它覆盖了意大利北部边界、法国东南部、瑞士、列支敦士登、奥地利、德国南部及斯洛文尼亚。

阿尔卑斯山呈弧形，东西延伸，总面积约22万平方公里，长1200多公里，宽120~200公里。平均海拔3000米左右，最高峰勃朗峰海拔4810米。山势雄伟，风景优美，许多高峰终年积雪。晶莹的雪峰、浓密的树林和清澈的流水组成了阿尔卑斯山脉迷人的风光。欧洲许多大河都发源于此。

当晚，抵达美丽的城镇库马约尔。北京与这里的时差为6小时。站在小镇，能看到阿尔卑斯山的最高峰勃朗峰在群山的拱卫下，宛如王者，端坐云端，宏伟壮观。印象中，环勃朗峰赛的CCC组就是在这里出发，选手从霞慕尼坐摆渡车过来不到1个小时。

据统计，每年都有2万多名登山者登上勃朗峰。勃朗峰位于法国、意大利和瑞士三国交界处，被认为是现代登山运动的起源地，虽然海拔不高，仅4810米，但山势险峻，山顶终年积雪，千年冰川有许多危险的裂缝，登山事故时有发生。在救援中，法国高山宪兵救援队经常要出动直升飞机。

这边几点天黑几点天亮？夜跑有多长时间？我留心了一下：20点慢慢变黑，半小时后黑透；本来以为早上5点天就亮了，但实际上6点才蒙蒙亮，能见度很低，半小时后才全部亮。10小时的黑夜，14小时的白天，典型的昼短夜长，而夜长则梦多，这是我担忧的。

酒店小巧、干净，装饰也很精致，大堂挂着好多牛铃。这里和法国一样，比赛"加油"用牛铃。我和陈漱文一间房子，陈漱文是广东江门一个公司的老板，下属百余人，英语、日语兼通，是个不差钱的主，但看起来像个书生，非常低调，喜欢研究赛事，特别是数据。

6日早上，一番洗漱后，下楼吃早餐。早餐种类并不多，无非是面包、火腿片、果酱、酸奶、饮料、茶、咖啡，每天都不变。不过，我超喜欢吃烤面包，热热的、香香的、脆脆的、甜甜的，吃了三四个，吃得我都不好意思了！

还有那个火腿片，也是我的最爱。生火腿是当地人引以为豪的特产之一，之所以称之为生火腿，据称它在成熟过程中没有经过任何加热，并且吃之前也不用经过人工加热。在长达一年以上的发酵风干过程中，微生物已被杀死，并且完好地保留了猪肉中的各种营养成分。

上届大陆选手有的吃不惯这个东西，有的担心吃后拉肚子，我则恰恰相反——夹上两片，放在两块面包中间，吃起来贼香。在比赛途中，它更是成了我最重要的蛋白质和盐的补给品！饮食以素为主的奥巴巴却惨了，我不知道他怎样补充蛋白质，因为只有大型补给站有煮鸡蛋。

由于早餐是免费的，所以我总是吃得很饱。在意大利，中餐和晚餐是集体就餐，个子高大消耗也大的极致玩家的李嘉和总怕饿着自己的奥巴巴常喊吃不饱，其实我也一样——别看我瘦，但能吃，大强度运动必须有高热量补给。

奥巴巴早起围绕库马约尔镇慢跑，欣赏着勃朗峰的美景。我和陈漱文哪儿都没去，收拾着装备。泰尼卡又给我们发了一双2014年新款越野跑鞋Inferno"闪电"Xlite 2.0，这鞋出国前也发过一双，UK8.5码，正合适，在训练中非常给力。Roby说"看他们开心的笑容，还要迫不及待地试穿新鞋，看来是从心底高兴呢。"

中午前后，我们和极致玩家的全体工作人员一起乘缆车登上3200多米的勃朗峰。有一段石头路，颇似赛道。天气不好，雾很大，温度很低，结果……我们决定"光猪"来活跃气氛！其实，我们都没啥肌肉，不像于雷有胸肌，子尘有腹肌，那都是女子的最爱。

在北京奥林匹克森林公园，每年冬天都会举行"光猪跑"——男人只穿一条内裤，女人只穿三点式，绕公园一圈共5公里，很是拉风，吸引了众多媒

王博摄

那边就是赛道。王博摄

体记者和观众。国外则玩得更疯，男女统统全裸，在城区骑行。不过人家敢裸，我们不敢看——国内媒体全部打上马赛克。

下午，奥巴巴、金飞豹等去拜访一位雕塑家、巨人之旅奖牌的设计师。设计师用当地最坚硬的桃木雕刻出12尊巨人之旅奖牌——奥斯塔地区生命力最顽强的两种山羊，象征着TDG运动员顽强拼搏、尊重自然、生命不息的精神，将分别奖给6个年龄段男女冠军。许多人以为巨人之旅得有巨额奖金，其实这个真没有！

环勃朗峰赛开跑，大陆种子选手出师不利

就在前几天，相当于世界越野跑锦标赛的环勃朗峰赛开跑。该赛稳坐越野跑赛"第一把交椅"，环绕勃朗峰1圈，跨越法国、意大利、瑞士3国，全

兄弟们加油！王博摄

程168公里，累计爬升9600米，关门时间46小时。迄今没有中国大陆选手完成过该赛。这回，历史会否被改写？

2012年，我在现场进行报道。今年，我和无数跑友在微博上围观。不过，大陆种子选手出师不利：运艳桥一度跑进前三甲，但后因手杖插入石头缝而受伤退赛；珊瑚状态欠佳，体力不支，在95公里退赛，"当工作人员剪我的号码布时，我的眼泪哗哗往下流。期盼了2年，训练了1年的我的UTMB，在黯然退赛中剧终"，她最后慨叹"勤劳不致富"。

一直跟拍的极致玩家的冯导后来多次跟我聊起珊瑚。环勃朗峰赛本来是以珊瑚为拍摄主角的，但珊瑚退赛后难以圆场，只能改为邢姐、珊瑚两人共为主角。冯导很不理解："没有受伤，为什么要退赛？都走出95公里的补给站了，为什么不能坚持到108公里退赛而是返回95公里？"

其实，我能理解。珊瑚退赛是因为体力不支，也就是跑崩了，全身乏力，糖原耗竭，加之跑到95公里时离关门时间只有5分钟，再跑下去的结果势必是被关门。之所以要返回去，那是人在困境中的本能反应——尽量减少身体的

在3200米的勃朗峰上"光猪"。王博摄

勃朗峰合影。极致玩家提供

难受度，及早结束痛苦的现状。

正如珊瑚在博客中写的："从95公里补给站出来后，是一段爬升751米的5公里山路。这简直要了我命。以我那时的状态，走平路都一步三颠，我又该怎么走完？那时，我已经很清楚自己在UTMB最终的结局，还是退赛。因为下一个关门点在108公里，以我那时的状态，爬都爬不到108公里。"我们常常夸大精神的作用，其实精神是附着在肉身上的。肉身虚弱不堪、伤痕累累，精神如何能独立存在？

对于珊瑚慨叹的"勤劳不致富"，我在2013年3月大屿山100公里退赛时深有同感。不过，后来想通了，勤劳未必致富，但不勤劳必定不能致富！我退赛是因为服用电解质片不当，造成电解质紊乱，出现心率失常、呼吸急促、腹部及手脚发麻、呕吐不止，生命安全遭受威胁，属于意外情况。珊瑚是在亚高原地区跑山过少，没有模拟赛道进行针对性训练。方向不对，再勤劳也白搭，光苦练不行，还得巧练——科学训练、专项训练。

只有邢姐、高清、胖胖熊发挥老黄牛特别能战斗的精神，成功完赛。邢姐的成绩是36小时，和Vibram香港100公里创办者吴秀华女士的成绩差不多。她们是中国女子越野跑的代表人物。香港消防队本能教练曾小强获得第17名，为口国选手的最好名次！

在这场世界瞩目的角逐中，1988年出生的新科冠军Xavier Thevenard在起始阶段就接近领先位置，在大约100公里处脱颖而出，并将领先优势保持到终点，最终以20小时34分57秒的成绩，打破了Kilian Jornet于2011年创下的20小时36分43秒的纪录！

常言道："吃一堑长一智。"时任人民日报甘肃分社社长的李占吉却对我说，吃了自己的一堑长了一智不是最聪明的，看到别人吃了一堑而长自己的一智才是高明之举。围观了UTMB后，我长的一智是：与其冒险追求好成绩，不如平稳完赛。毕竟我只有一次机会。

6位大陆选手。王博摄

杨源、刘玉美、我。奥巴巴摄

探路时无意中踏上 TDG 和 UTMB 共用的赛道

赛前最后一天上午，Roby、奥巴巴、金飞豹、王博去霞慕尼小镇游玩。2012 年，我在那儿待过一段时间，都玩遍了，加之想起于雷说的"要保存体力"，就没再去。陈漱文的想法和我一样。最后，他随泰尼卡的队医去固定断指，我上山探探路。

特意带上手杖，好多年没用了，得熟悉熟悉。运艳桥在环勃朗峰赛中使用手杖出了问题，我得加倍小心，任何细节都有可能导致你功败垂成，这就是越野赛的变幻莫测之处。来到教堂外，聆听钟声。再下到起点方门前，三三两两的选手在拍照留念。

明天，这里将人声鼎沸；明天，这里将成为世界的焦点！

为防山上寒冷，我穿上了 Mico 的黑夹克。Mico 工作人员真是不错，专程到酒店给我们送来了保暖长裤和上衣，真个是雪中送炭。Mico 的产品种类多样，从袜子、内裤、内衣到外套、风衣、护腿、护臂，啥都有，质量也过硬，非常轻便，只是在国内知名度较小。

不知道哪里是赛道，哪里能进山，凭感觉向北面的后山摸索前进。穿过精致典雅的民宅，踏上宽阔的土石防火道，前面就是高山。沿盘山路上行一两公里，树木高耸，石头参差，徒步穿越的驴友络绎不绝，这里的户外运动氛围真好！

怎样判断一个人是驴友还是越野跑友？在装备和补给上大致能看出——越野跑者不穿长袖速干衣和速干裤，代之以阻力更小包裹更好更利奔跑的紧身衣裤或压缩衣裤；不穿沉重的登山鞋、徒步鞋，代之以轻便的越野跑鞋；不背大容积大重量的背包，代之以轻巧的水袋背包、水壶背包或腰包；不再吃难以消化的牛肉干，代之以较易吸收的士力架、能量胶等。

为什么在阿尔卑斯山能做出 UTMB、TDG 等世界顶级赛事？为什么这里的越野跑文化这么浓烈无论男女老少都在跑？奥斯塔旅游局局长半开玩笑说，因为勃朗峰在这里。这和当年登顶珠峰的希拉里说的一样：因为山在那里。

"大家都在跑步，你如果不跑步的话，你就是个另类，一个和别人不一样的人。就像在四川成都，大多数人都在打麻将，所以你也想打麻将。"极致玩

家在一篇文章中写道，"更深层的原因可能是这样，勃朗峰孕育了阿尔卑斯登山文化，这个文化的精髓就是挑战极限。越野跑的训练方法又是训练登山家的最好方法，所有很多登山者都用越野跑来锻炼体能。"

为了保存体力，我没往山上走太远。抵达水泥路面时，发现地上写着"UTMB"，大喜过望。后来了解到，这既是 UTMB 的赛道，也是 TDG 的赛道。不同的是，UTMB 向山上延伸至霞慕尼，TDG 则反方向延伸至小镇教堂至终点。两赛在这里共用的赛道有一几公里。

当天下午，我们去体育馆领参赛物品。几天前，这里刚刚送走了参加 UTMB 的选手们，现在又迎来了即将参加 TDG 的勇士。经过排长队，我们领到了参赛物品：短袖 T 恤、号码布、带芯片的腕带、存放衣物的黄色大包。参赛号码为：我 573 号，奥巴巴 1038 号，金飞豹 936 号，陈漱文 574 号，Franco 为 005 号。

腕带即手环，白白的、薄薄的、窄窄的，带有 ID 芯片——在选手通过每个计时点时被读取，并通过网络传输到中央服务器，以便检测比赛进程。这些时间可在网站上看到。泰尼卡官方微博、极致玩家官方微博都是通过网站获取我们的进程，发布给关注比赛的粉丝。

黄色大包用于存放换洗衣物或备用物品。竞赛规程中说："此包裹会由主办方统一从一个生活基地运送到下一个。易碎及贵重物品禁止放入该包裹内。如果参赛者退出比赛，他们的包裹将被安置在库马约尔的生活基地，他们可以到那里通过出示本人的号码布来领取自己的包裹。包裹外附加的任何物品将不会被一同运输。主办方对任何运输过程中造成的物品丢失或损坏不承担责任。"背包上粘有号码，不过容易掉，工作人员会将号码手写上去。

人群中，当天抵达意大利的杨源和刘玉美出现了。为了省钱，他们来得晚，能省住宿费，住得也比较远，离起点七八公里。他们的衣服或发带上绣着中国国旗，看起来神采奕奕，斗志昂扬。六位大陆选手一起合影，我和他俩也专门合了影。没想到，这是我们最后一次合影！

晚上是比赛说明会和晚宴，我们都有点累，加之听不懂意大利语，就委托 Roby 一个人去。Roby 回来后，急匆匆地来到我们房间，说明天要下雨，后天也要下雨，举办方目前没有打算改变赛道或延迟比赛。说话的当口儿，外面正冷雨敲窗……

王博 摄

整理比赛装备，黄色大包被装得满满的

是夜，我们继续整理准备寄存在大型补给站的装备。竞赛规程中称，在整个比赛中，每个运动员必须为比赛准备指定装备，举办方随时进行检查。拒绝接受检查将被取消参赛资格。虽然上届选手没有被检查过，但指定装备都是必需品，不是应付检查，而是对自己负责。

指定装备有15项：背包或腰包、水瓶或水包、杯子或者其他容器、食物储备、两个工作状态良好的头灯且有备用电池、生存毯、哨子、用乍绷带的胶黏性弹性带或捆扎带、在一定海拔高度时能够抵挡恶劣天气的防水衣、运动裤或裹腿（至少覆盖膝盖以下）、帽子或头巾、手套、移动电话（将赛事组织者的安全号码加入到电话簿中，确保在出发前电池是满电的状态）、高度计、御寒衣物。

推荐装备有4项：换洗衣物、刀具、绳子、路线说明书。

如果缺少防水服、运动裤或至少覆盖到膝盖以下的裹腿、生存毯、2个头灯、背包或腰包、移动电话等指定装备，将被取消参赛资格。如果缺少帽子或头巾、哨子、食物储备、水杯、高度计、手套，将被罚时4小时。

　　我的自带装备包含了赛会指定的所有装备,另外还携带了一些认为必要的装备和生活用品。这些物品有的穿在身上,有的放在背包里,有的存放在大型补给站。

　　明细如下:

　　衣服:4套长衣长裤、1件夹克。库马约尔比北京同期低5-10℃。特别要注意凌晨和山顶,一天的最低温将在那里出现,不可掉以轻心。

　　风衣:Mico风衣1件,能防风和小雨。

　　雨衣:一次性雨衣2件。最好买稍好点的,兼保暖。

　　生存毯:2个。每个60克,关键时刻可以裹在身上保暖,能救命。

　　内裤:陈漱文说得多带,每个赛段一换。七八条总该够了。还备了条Skins压缩短裤,以防止臀大肌酸痛。

　　袜子:9双,多是Mico和迪卡侬。到意大利后,Mico又给了4双袜子。应该多换,半个赛段就换一次。

　　鞋子:3双。2双"闪电",V底,防滑,雨天能穿;1双Demon XLITE,不太防滑。

　　食物:榨菜、萝卜干、海带丝共10包,这是阿亮建议的,说味道好极了。还有士力架8个、能量胶6个、香辣肠10根。

　　饮料:带了1包葡萄糖粉、1袋盐,准备自制饮料,因为子尘说只有可乐和水,最后的几个站才有饮料。阿亮还建议多喝补给站的汤,当水喝。

　　头灯:黑钻和山瑞的3个头灯都带着,电池也很多,一排排的,像冲锋枪子弹。

　　背包:Raidlight水壶背包,也可装水袋,前面的带子可别号码布,自重400克。

　　手杖:Gabel赞助的,赛前2天才到。99%的选手都用杖,说明杖的重要性,还是得随大流。这个也能救命,很重要!

　　药品:云南白药喷剂;治拉肚子的黄连素;感冒药;消炎药;创可贴;绷带。

　　高度计:佳明310XT,里面有海拔、里程、配速等数据。最好有2个,一个来不及充电。

　　移动电源:飞毛腿1040毫安,可给手机、佳明充电。补给站电源太少,别指望能充上。陈漱文带了2个移动电源。

密封袋：5个，有大有小，主要用于防水。比如我把儿子的照片、欧元、保险单装在小密封袋里，把备用衣服装在大密封袋里。

手机：最好使用待机时间长的手机，存上应急电话号码和家人电话号码。

帽子：泰尼卡长舌帽1个，快乐狐狸帽子1个。

手套：泰尼卡触点手套，戴上可正常使用触屏手机。

头巾：泰尼卡头巾2条、快乐狐狸头巾1条。

护腿：Mico和Skins的各一套。确实能防止小腿酸痛。

护膝：迪卡侬的一对，备用。

口哨：背包上自带。

保险单：随身携带。

大家常说："装备不是万能的，没有装备却是万万不能的。"装备就像战士的武器，选取精良的装备，就是为打胜仗奠定了基础。

CHAPTER **05**

三座大山如履薄冰

在大雨冰雪中前行，

大雨下了十几个小时,连庄稼地都给浇透了

9月8日早上6点,我们被闹钟闹醒。起床后,第一件事就是拉开门帘、推开后门,看有没有下雨。遗憾的是,大雨没有消停,比昨夜更大,铺天盖地,在路灯的照亮下呈线状垂落。阿尔卑斯山氤氲一片,近处的水泥路面泛着光泽,汽车驶过的声音依然沉闷。

好好地吃了顿早餐。心满意足地走出酒店,发现雨停了。我欢欣鼓舞,并祈祷:"比赛结束前再也别下了!"不过,这只是我的良好愿望,词典里有个词叫作"事与愿违"。

存包的地方在体育馆,离住地一两公里。我们背着逾10公斤的黄色大包和四五公斤的水袋背包费力前行。钻过涵洞,跨过桥梁,再绕几道弯,爬上几个坡,终于来到存包处,将"包袱"卸下,然后向起点走去。

巨人之旅出发前合影。王博摄

比赛还没开始，我们就已经走了三四公里，而且一半路程是负重。这种体力的消耗是无谓的。举办方应该为选手着想，把存包点安排在起点，中国的赛事都是这样安排。

在小镇高耸的教堂的西南方向约三四百米处，矗立着一扇方形紫色大门，这就是巨人之旅的起点，也就是终点，海拔为1224米。巨人之旅的赛道是环形，环奥斯塔山谷一圈，只有跑完332公里，这个环形才会自我闭合，才算真正完成全程比赛。

起点。杨源摄

"长亭外，古道边，芳草碧连天……"起点前上演着父子拥抱、夫妻吻别、朋友相送的古老而时新的一幕。332公里山路对于外国选手也非易事，出征就像上战场，"醉卧沙场君莫笑，古来征战几人回"。

我们在起点合影留念。旗帜除了国旗，还有几家赞助商的。王博将摄像机对准我问："怎么样？"我忍不住牢骚了几句："这雨下了十几个小时，连庄稼地都给浇透了。还没开赛，我们就已经比上届选手慢了10小时！"

一步步走过密集的人流，来到检录处，用手环打了卡，在方门前又合了几张影。在我四处找厕所的当儿，大雨凌空而降，浩大的阵势远远超过昨夜今晨。大伙如鸟兽般四散开去。我躲到屋檐下，取出风衣穿上，再把帽子戴上。这时，奥巴巴也跑来了。

躲得过初一躲不过十五。离开赛只有10分钟，我和奥巴巴硬着头皮走出屋檐，来到起点。站在队伍中间，浑身被淋湿——风衣毕竟不是雨衣或冲锋衣。有的欧美选手装备齐全，穿上了专门的雨衣或薄冲锋衣，也有的选手只戴了一顶帽子，身上是短衣短裤，比我们更惨。

"一早天空的能见度还不错,我们可以看到远处的勃朗峰。但是天空下起了雨,一起跑就有雨水相伴,也让所有的运动员面对比赛更加谨慎了。四位中国大陆的参赛选手在起跑线准备就绪。从他们的表情看来,似乎心情很不错。"泰尼卡在每日简报中如是写道。

TDG 与 UTMB 一样,都面临着天气的考验,随时会缩短赛道或改变开赛时间:"在任何时间,恕不提前通知,更改比赛路线、救援地点、小食站点以及比赛时限。在恶劣天气条件(如暴雨、高海拔大雪、暴风等)情况下,比赛可能会被推迟最多 24 小时,或者被取消。在有必要的情况下,赛事主办方保留更改或者取消部分比赛路线的权利。"

不过,2012 年 UTMB 缩短赛道后,遭致选手们炮轰:"我们准备了一年,这么远坐飞机过来,要跑的是 100 英里,不是 100 公里!"举办方招架不住,2013 年备用了一条 170 公里长的赛道。不过,由于风和日丽,备用赛道没有用上。

因为雨雪天气,2012 年巨人之旅举办方取消了最后 29 公里赛段——这里耸立着海拔

Enrico Romanzi 摄

2936米的大山Malatra，部分道路已经结冰，冲顶路段极其陡峭，只有跑在前面的73人完成332公里全程比赛，包括3位中国大陆选手在内的其他选手止步于303公里，提前完赛。

因此，直到今天，还没有中国人跑过完整的332公里巨人之旅。我们这批选手能否幸运地刷新纪录、创造历史？

直升飞机盘旋，全副武装的越野选手急速行军

等待，等待，焦灼地等待！原定于10点开跑，可是到了10点却没有听到出发的号令声。主持人一直在唠唠叨叨说个没完，我听不懂。又10分钟，仍然没有出发的动静。我们在雨中淋成了落汤鸡，却不知道何时开赛，那份焦灼可想而知！

10点17分，倒计时终于开始，数数声、尖叫声、欢呼声骤然四起，直冲云霄！原来，举办方一直在等待当地气象局的消息，当确定随后几天的天气

Enrico Romanzi 摄

状况可以支持比赛时,才决定下达出发的指令。

第一赛段是从 Courmayeur 到 Valgrisenche,长48.6公里,累计爬升3996米,主要任务是翻越三座大山,其中两座超过2800米。我计划用12-14小时完成——往常跑100公里的用时,相对比较宽裕,可以保存体力,最好"跑完第一个赛段就像没跑一样"。

前面两三公里是在镇里的公路上跑,观众们布满了街道,"Bravo！Bravo！"的鼓励声、加油声和牛铃的甩动声连绵不绝,响彻小镇,宛如狂欢节。当地人非常热情,凡是看到我们过来,无一例外会加油、打招呼,并在整个比赛过程中贯穿始终。以至于赛后我们回到米兰见再无人主动打招呼而怅然若失。

进山后,道路变得崎岖、陡峭,好在比较宽,全是土石路,人踩出来的,没有像中国大陆那样到处用水泥硬化。如今,跑在全是水泥路面的西山防火道上,我已经不敢说是越野跑、山地跑,只敢说是坡度较大的路跑。随队出征的极致玩家栏目的微博写得好:"跑在巨人之路上,你能深刻地体会到鲁迅说的那句话:'世上本没有路,走的人多了，也就成了路。'巨人之旅全部由原本自然形成的徒步路线组成。除了深谷溪涧的小木桥，几乎没有人工铺设的东西，巨木倒路上也只是锯断了原栏放路边。"

山路比较宽，还有一个原因——公元前15年，罗马帝国军团翻越阿尔卑斯山脉，横扫并征服了半个欧洲。罗马人扩大了古老的塞尔特人村庄，既在通向阿尔卑斯山脉的山谷中，又在阿尔卑斯山脉本身的山谷中建起许多崭新的、繁华的城镇。控制阿尔卑斯各山口尤其是军事前哨的山口如大圣伯纳德、斯普吕根、布伦纳罗、普勒肯诸山口尤为重要，于是羊肠小径被扩大为较宽的山路。赛道上偶尔还能见到军事要塞的遗址。

参赛的706位选手鱼贯而上，距离没有拉开，甚至是人挤人。在撒泡尿的工夫，一二十人就"噌噌"越我而上。陈漱文在前面几十米处，拐弯时，我冲他喊了一声，他挥挥手，我也没有奋力追赶。再见到他时，是在两个赛段后，那会儿已发生了一件大事。

第一座山海拔2571米，将出现在离起点8公里处。这些数据我不用看地图，都已经背了下来。有的选手则连全程有几个赛段都不清楚，关门时间是多少也不知道。不做功课，过于乐观，那是要吃亏的。山体很庞大，跟北京的灵山真的有一拼——开始是杂草、灌木、树木，然后是落叶松，2000米左右出现草甸、鲜花，一直绵延到山顶。

行至半山，低沉的天空中，一架直升飞机"嗡嗡"地盘旋而去；巨大的山体上，全副武装的越野选手急速行军。刹那间，让人想起硝烟四起的战场，想起陆空两军联合作战，气势磅礴，锐不可当！

主办方称，如果有必要，在酌情处理救援的情况下，官方山地救援服务

Enrico Romanzi 摄

手段有可能被使用，其中包括一架直升机。任何由此交通工具产生的费用，将按照规定由获救者承担。实际上，为了救援人员自身的安全，夜间好像没出动过直升机，至少我在夜间没听到动静。

救援点设在比赛沿途，每个救援点配有电话及无线电装置用于与比赛总部取得联系。救护车、当地服务人员以及医生在该区域待命。比赛官方的医生被授权在比赛中撤出任何他们认为不适合继续参赛的选手。救援成员被授权在比赛中撤出他们认为身处危险的选手。

身上的装备还算精良。感觉背包很赞，前面放两瓶水，后面装衣服，形成"肩挑"的省力模式，比我以前用的背包不知道强了多少；"闪电"越野跑鞋比第一代轻了40克，鞋底改用世界知名的Vibram底，防滑能力大大增强。雨中没有一双好鞋无疑是冒险。

赛前，跑友天天天蓝建议：汲取小桥和珊瑚的教训，前半程压住速度，后半程缓加速，"你一向是后程加速的选手"。我的行进节奏不算快，基本保持鼻呼鼻吸。这样，相当于慢跑，心率也会比较缓——我没绑心率带，但估计每分钟在150次以内。这样的节奏，是可以持久的，但持到多久就不知道了。后来的事实证明，我还是不够慢！

《雨中的3分58秒》中写道："一个赛跑选手就像个守财奴，对于自己的精力总是斤斤计较，他得时时刻刻知道自己花费了多少精力，接下来还要付出多少。他只想在自己正好不需要用钱的那一刻破产。"当然，这个"守财奴"首先要晓得自己有多少精力，即所谓"知己"，然后才能"知彼"——对赛事难度即要花费的精力做出精确判断。

节奏关系比赛成败。2011年北京马拉松前夕，我们三位"阿迪跑者"和李冰冰在阿迪达斯三里屯旗舰店参加倒计时活动。冰冰不愧为国际影星，貌美如花自不必说，身材挺拔匀称，言谈举止挥洒自如，一出场即控制了全场。她

楼上的观众。Enrico Romanzi 摄

说要参加北马的迷你马拉松即 4.2 公里。

我们分别向她传授"锦囊妙计":黄强说的是装备,党琦说的是热身,我说的是节奏,"节奏就是有规律地匀速前进。从物理学的角度来说,匀速最省力,因此在跑步的过程中,不要忽快忽慢,也不要先快后慢,而是要按照自己的节奏匀速前进。"

冰冰说,这个我有体会,我跑步时也出现过开头跑得快后来就没力气的情况。我问,你打算用多长时间跑完 4.2 公里?她开玩笑说,10 分钟。她问我跑过马拉松没?我说跑过十几个。冰冰说,看来,今天站在这台上的至少要跑过 10 个马拉松。遗憾的是她后来缺席北马。

阿迪达斯提供

Franco。Enrico Romanzi 摄

在补给站的音乐声中，杨源舞动身子浑然忘我

虽然要直线上升1347米，但这座山并不算难。一则是海拔较低，植被丰茂，路况较好；二则是比赛之初精力充沛，我强敌弱，遂一举攻克。山上没有补给站，有的选手在山顶休息、吃喝，我也坐下来吃了根烤肠，并活动下腿脚。

后从照片中看到，杨源在这里找人拍了照，头发湿漉漉的，可能没带防雨装备吧，其他有些装备也是借来的。微博上有跑友说，杨源穿得太朴素了，如果这样都能完赛就太牛了。不过，杨源是一个享受比赛的人，无论去哪儿都带着照相机。相片不放在网上，而是传给别人。

下山是比较快意的事情，至少减小了地心引力的作用，不用大口喘气，血液循环系统和呼吸系统得以适当调整。跑在草甸上，虽然有点滑，但也不至于摔倒。大家你追我赶，都没Hold住。看来外国选手也不像Franco说的那样会控制节奏——他在2013 TNF北京100退赛后，说中国选手起跑太快，他没法适应这样的快节奏。

Franco还说，从来没有跑过北京100公里越野赛这么平坦的赛道，这个倒是真的。来到巨人之旅，你就会知道两者的差异。

陈漱文曾对TDG官网数据作整理后得出：330公里的24000米累计爬升，主要集中在18个大攀升。每个大攀升的"顶峰—起始海拔差"在563米至1645米，"十八攀"的累计海拔差

为 19800 米，累计距离 141 公里，构成 330 公里的最艰巨部分。

没多久，来到 11.8 公里的补给站——设在室外，规模较小，人较多。我抓了点果脯、橙子、饼干，吃了两片火腿。饮水有纯净水、起泡水、可乐、茶、咖啡。后面三样无一不含咖啡因或茶碱，将导致大脑兴奋、睡不着，赛事不进行到后半程，我一点都不会碰。原本计划在每个补给站休息 10 分钟，但我加满纯净水后没有休息就出发了。

跑过宽阔的土石路防火道，一路下行到小镇，配速回到每公里五六分钟。王博把摄像机对准我说："跑得不快啊，是不是压了速度？"我笑嘻嘻地说："全国人民都怕我冒进，那我就慢点跑，我走行不行？"我问他，陈漱文过了多久？他说，有半小时吧。

沿着城镇的公路跑到位于 19.5 公里、海拔 1458 米的小镇 La Thuile 补给站。极致玩家的其他记者跟着我进了这个室内补给站兼计时点。Roby 也在等候大家。我坐下来，吃着东西，并四处张望，竟然发现杨源站在不远处。

"跑得够快啊！"我想。实际上，按他的体能，应该稍慢一点才好，毕竟比赛才刚开始。只有前面保存了体力，后面才不会透支。不过，说起来容易做起来难，我自己也没能做到。陈漱文后来告诉我，他和杨源几次交替领先，杨源还给他拍了照片。他也提醒过杨源，太快了，要控制速度，不知道杨源有没有放在心上。

补给站正在放音乐，杨源一边端着杯子喝着饮品，一边兀自舞动着身子，似乎迷醉其中，浑然忘我。我大喊："杨源！"没有回应……我根本不会想到，这是我最后一次见到杨源。

电影《少年派的奇幻漂流》中有一句台词："人生就是不断地放下。遗憾的是，我都没能好好地与他们告别。"

在这个补给站里，我灌满了添加过运动冲剂和柠檬片的饮料，精神一振！因为，肠胃在大强度运动中消化功能较弱，如能更充分地利用饮料进行补给，将事半功倍。一向在补给站快进快出的我，上了趟厕所，就赶忙出发了。

"比赛开始后，我们赶到第一个补给站 La Thuile，也是第一个计时点。作为我们熟悉的老朋友，Franco 隶属于第一个集团的第二位进入补给站，看来他今年的状态相当好。Iker Carreras 目前排名第一，Cristhophe Le Saux 暂列第三。"极致玩家在微博中播报。

"陈漱文尽管手指受伤,却第一个进入补给站;之后,曾华锋、奥巴巴、金飞豹也陆陆续续通过了这个补给站。"泰尼卡发布每日简报,"天气似乎并没有给各位选手面子,他们刚走出这个补给点,大雨再次光临,据说晚上还会下雪。在期待成绩的同时,更担心他们是否做好了迎接恶劣天气的准备。"

冰雹从天而降;高山乱石张牙舞爪似恶魔

第二座大山将出现在离起点29.5公里处,海拔2857米,直线上升1400米。这个高度和小五台淩近,因此心中还算有数。走到半山腰时,"噼里啪啦"下起了冰雹,比米粒大,比黄豆小,白莹莹的,'大珠小珠落玉盘",撒满了赛道。我"啧啧"称奇。

每座山的最高处都有一个用砖头垒成的1米多高的尖棱形或长方形物体,

第一座山下山。杨源摄

都标志着此处为最高点。上面插着一面印有"TDG"字样的小小的黄色旗帜，旗帜下方有一块方形反光条，夜间在百米开外就能见到。一直寻思着要拔一根回去留作纪念，但没付诸行动，真是"有贼心，没贼胆"。

赛事因大雨、冰雹、大风、低温变得艰难，每次在悬崖峭壁上行走都如履薄冰战战兢兢诚惶诚恐。这点是我们事先没有想到的。赛前看过的视频和照片，还有完赛者的讲述，都没有将安全作为一个重点来强调。我和陈漱文还重点讨论过这个问题。实则，每座山的最后百米都很陡。好在是白天行进，选手较多，没有感到恐怖。

作为驴友出身的越野跑选手，我爬过的崇山峻岭相对较多，置身险要的环境不止一两次，比如在海坨山误下松山景区时，好几公里陡峭得不敢站立只能坐着蹲下去；爬凤凰岭的野山时被困在巨大的岩石边，下面是万丈深渊，最后小心翼翼在巨石边迂回前进……

天气预报中的雪没有下。赛道上的积雪也很少，全程只经过一处，也就四五米宽，前面一位选手差点滑倒，我于是谨慎绕行。

朝海拔2017米处的一个补给站下撤。当听到牛铃声由远而近，加油声由小到大，选手由少到多时，我知道补给站已经来临。美美地坐在椅子上，喝着工作人员盛的一碟汤，感觉那个美啊。阿亮赛前跟我推荐过，要多喝汤，里面有盐，可以当饮料喝。

在这个站歇得还算可以。十几分钟后，站起来朝最后一座海拔2829米的大山迈进。该山直线海拔上升仅812米，和前两座山相比，已经算是小菜一碟了。

金飞豹跟着队伍上山。极致玩家提供

陈漱文尽管右手中指骨折，依然健步如飞。极致玩家提供

Enrico Romanzi 摄

前前后后都有人，体能尚可，没人超我。想着在天黑前可以结束第一赛段，挺高兴的。

不过，超过2800米的山多半会有乱石出现，因为泥土、植被早被雨打风吹去，剩下的只有冥顽不灵的石头！这是灵山不大具备的特征，而小五台中台至南台有一段石头路。凡是超过3500米的山，连石头都不见了，全是雪，是为雪线。由于全球变暖，雪线上升，我在3900米的甘肃胭脂山上也没见到。

中国登山协会把爬3500米以上的山称为登山，需要专业设备和技术。其实，巨人之旅已经超出普通的户外穿越和越野跑，有那么一点登山的味道。或者说，处于临界点。

资料记载，阿尔卑斯山是古地中海的一部分，早在1.8亿年前，由于板块运动，北大西洋扩张，南面的非洲板块向北面推进，古地中海下面的岩层受到挤压弯曲，向上拱起。造山运动时形成一种褶皱与断层相结合的大型构造推覆体，使一些巨大岩体被掀起移动数十千米，覆盖在其他岩体之上，形成了大型水平状的平卧褶皱。这也是岩石多的原因。

这座山，也是垭口，名叫Crosatie，请让我们记住它的名字！上山并不难，毕竟爬升只有那么多。只是下山的路全是石头，而且陡峭，张牙舞爪似恶魔。这种路有两个方向是倾斜的、危险的：前面和外侧，只有后面和挨着山体的内侧是安全的。因此，既要防止惯性使身体前倾栽落到前面的山崖，又要防止身体朝外侧摔下山崖。

极敏玩家提供

Ulrich Gross曾经告诉我们，上升不是最艰难的，下降才是。这和中国流传已久的"上山容易下山难"如出一辙。道理我们都懂，但只有身临其境时才有刻骨铭心的体验和记忆。

并且，下雨增加了下山的难度和危险性。从心理因素来说，人在雨中会比较着急，慌不择路；从自然因素来说，雨中的石头溜滑。幸好我穿的是全球闻名的 Vibram 底的"闪电"鞋，没啥反应。后来天晴，我换上另一款不是 Vibram 底的鞋子，几次被带水的石头滑个趔趄，幸好不在悬崖边。

好装备有时能救命，不要舍不得花钱！

下陡山和下石头山本来就不是我的强项，自然不会逞能。放慢脚步，将手杖点稳，亦步亦趋。别看我有点冒险精神，但到了关键时刻还是非常谨慎的。就像我的宝宝，无论坐在推车上，还是趴在他妈妈身上，两只小手总是抠得牢牢的。"有其子，必有其父。"

过了那一两百米直线下降就好了，路面逐渐变得平缓和顺畅，石头也慢慢减少，我又恢复了跑者的速度，飞奔而下。不过，不是每个人都像我和陈漱

雨中冲进补给站。意大利电视台截屏

文这么幸运和快捷，能在日落前平安过关。譬如杨源、奥巴巴，在我经过此处 3 小时后才到，那会儿天早黑了。

看到山底下小镇 Valgrisenche 清晰的居民建筑群时，已经快 20 点了，夜幕降临，华灯初上。我们几位选手一字排开，一溜烟跑得飞快。大家都没开头灯，都想一口气冲到山下。

领头的五十开外的戴眼镜的欧洲选手在一块斜斜的巨石上"刷"地滑倒！幸好没大碍。他站起来拍拍屁股，然后低头找东西。我一看，那不是眼镜吗？赶快捡起来递给他。阿亮在比赛中摔坏过眼镜。为了防止重蹈覆辙，我专门把

两只眼镜腿用线拴住了，奥巴巴和陈漱文则去北京潘家园的眼镜城配了备用的眼镜。许多细节，做总比没做好。

千万不能阴沟里翻船！我赶紧停下来，卸下背包，取出黑钻那个100流明的小头灯戴上。四周瞬间被照亮，我们的小分队也解体了。下到盘山公路，极致玩家的冯冀、李嘉、蜗牛、大刚相继在不同的路口蹲守多时，遂陪着我一路跑下去。

半小时后，天就黑透了。好在已经回到城镇，也就无所顾忌。苦就苦了那些天黑后还在山上拼搏的选手。

一路冲进43公里的补给站，看到王博在摄像。没做停留，没要补给，直接向48.6公里的第一个大型补给站跑去。想着很近，不就五六公里吗？可是，迟迟不见。公路不让跑，要钻到公路下面的土石路面、杂草路面去。

雨还在淅淅沥沥地下着，脚早就湿了，身也早就湿了，深一脚浅一脚地跑着。一位美国女子追上来同行。我英语不好，没法和她多交流，就一前一后默默地走着。上到一座小山坡，发现路边点着一盏盏的油灯，不知道是什么油，

Enrico Romanzi 摄

白白的，凝固着，点点火焰在风中摇曳，温暖着过客的心。

纳兰性德写道："山一程，水一程，身向榆关那畔行，夜深千帐灯。"看到迎风飘扬的泰尼卡旗帜和耐心等候的人们，听到不断摇动的清脆的牛铃声，我知道第一个大型补给站到了，第一个赛段结束了，三座大山被"推翻"了！

换下全是泥水的鞋服，补给站 5 小时醒多睡少

2012 年，子尘和高清只用 9 个半小时就跑完了第一赛段，且在这个站没有睡觉，直接导致第二赛段透支。我们都记着这段"历史"呢，嘿嘿。下届选手一定会记得我们这届选手的糗事。我虽然减慢了速度，用了约 12 小时，但仍然偏快。另外，原本计划半个赛段休息一个小时，但最终随了大流，没有坚决执行。

当极致玩家的记者问我感觉如何时，我说雨天路不好跑，路滑，增加了许多风险，我前面一位选手就滑倒在石板上，我也两次差点滑倒，但都被手杖撑住了。那时，我只知道雨天多了些不确定的因素，但没法预料会发生什么事情。

奇怪的是，实测距离为 52.5 公里，超出官方数据近 4 公里。而后的每个赛段，实测距离都多于官方数据两三公里。陈漱文测的数据亦这样。看来，巨人之旅的数据不太靠谱，或许忽略了从下山到窝在小镇深处的补给站的距离——那是一个让人觉得近在咫尺却总也跑不到尽头的距离。

补给站规模较大，第一层有近千平方米，用于计时、吃饭、领取存衣包，第二、三、四层用来休息，可以换装、洗澡、上厕所、睡觉。睡觉时间相对宽裕，可以睡到这个大站的关门时间。比如说，第一赛段的关门时间是 21 小时，也就是 9 日早上 7 点关门，你就可以睡到 7 点。但是，多数人都不会停留太长时间，平均 3 小时左右吧。

我在一层领到黄色大包后，在工作人员的引领下来到第四层。这是个套间，有大厅，有两间房子，对面是厕所和浴室。房间有三四十平方米，铺了十几张单人床。一位老外住在最外边，总被大家的开门、关门声吵着，嘴里嘟嘟囔囔的。我在屋里换衣服时，他就埋怨开来，王博拍摄也不行。于是，我将大包拎到大厅。

卸下背包,脱下湿漉漉的衣服,换下全是泥水的鞋子。这双 UK8.5 码的"闪电"鞋非常合脚,可惜没法再穿。稍微刷了刷、洗了洗,池子里都是泥沙,专门有工作人员清洗。将鞋子收进大包,再将那双 UK9 码的"闪电"鞋穿上,但感觉有点大。

没带拖鞋,这是一个失误。应该将拖鞋放置于存衣包内,到达补给站时取出,在洗澡、休息时用。更重要的是,可以使脚放松,减少起泡、擦伤的概率。总穿越野鞋,脚底擦伤和起泡的概率无疑加大。巨人之旅的任何细节带来的负面作用都会被无数倍放大。

平常每次训练完,第一件事就是洗澡,我难以忍受身上汗津津的、湿乎乎的。浴室就在旁边,并排四五个单间,不分男女,都是淋浴。淋浴间很小,衣服不太好挂,于是把外衣放在外边。洗完后,身上轻了好多。穿上内裤,悄悄地探出身子,发现没有女子,就把外衣拿进来穿。阿亮说比赛时只洗过一次澡,我前后洗了四次,是不是太奢侈?

再次走进房间,蹑手蹑脚的。陆续有其他选手进来,有时是一对男女,敢情这里也不分男女。为防止噪音,我专门购置有 3M 耳塞,捏扁塞进耳朵。为了防止耳塞掉落,出国前专门用线将一对耳塞串上了。眼罩也买了,但戴上不舒服,索性取下,用被子一蒙,自成一统。

躺了好久,却没怎么睡着。或许是大强度运动后大脑兴奋吧,或许是刚洗过澡的原因吧。事先为了防止这点,我根本没沾带咖啡因的可乐和能量胶,全程也没感觉强度特别大。迷迷糊糊了一阵,睁眼一看,时针已经指向 9 日凌晨两点多。爬起来,换好装备,下楼存包。吃了点饼干,盛了碟米饭,但半生不熟,难吃得要死。据说意大利的米饭都这样。

大约 2 点 50 分,在休息了近 5 小时后,我踏上第二赛段。这时,同样睡不着的陈漱文已经走了 2 小时。李嘉掂着摄像机把我送出补给站,并提醒我出站还要计时。现在回头想想,既然睡不着,那会儿,就应该减少两小时的休息。

泰尼卡在每日简报中说:"由于连夜细雨,很多选手都选择休息到凌晨出发,陈漱文是泰尼卡带队的四位中国选手的第一名。他于 21:30 到达,小睡后 0:42 出发,连夜前往 Rhemes,天气寒冷,这是考验意志力和耐受力的时候,此时他暂时排在 344;曾华锋于 22:10 到站休息;截止到早上 7 点,最后一位选手金飞豹也在小睡之后出发了。"

之字赛道。Fietro Celesia 摄

CHAPTER 06 穿过全程最高峰，惊闻跑友杨源遇难

Enrico Romanzi 摄

"非常的自虐，落差有一千到两千米的各种直上直下"

巨人之旅的大部分赛道在海拔1500米以上。在每一个海拔2800米或以上高度的山口前，都要爬过陡峭险峻、完全没有植被和泥土覆盖的岩壁。在下降过程中，先要当心在张牙舞爪的峭壁上滑坠，又要在迷宫一样的巨石中寻路，随后要小心砾石区的碎石滚落。

即便在低海拔的林区，路面也是嶙峋的乱石和交错的树根，容易绊倒、崴脚；海拔最低点基本上是山谷中村镇的补给站，在城镇里得绕上好几公里才

Enrico Romanzi 摄

能在某个不起眼的角落中找到；补充过后又将从海拔几百米或千多米重新回到2000米以上。这就是这一路的常态。

"今天随蜗牛在巨人之旅路线上踩点，虽然是一小段，首先感觉是非常的自虐，落差有一千到两千米的各种直上直下！"极致玩家的编导冯冀说，"当你一步一步好不容易登上山坡，站在垭口一看，前面是一个更深的山谷，一个更高的山峰，对意志力是极大的摧残。"

雨仍然在下，不过大雨、中雨已经转为毛毛雨。借着头灯的光，可以看到细细的、白白的线状物滑落。地面湿漉漉的，有草的地方能踩出水来。好在高山泥土不多，不像中国的黄土高原或南方丘陵地带，一旦下雨就泥泞得难以行走。

我摸出海拔图。陈漱文在官方海拔图的基础上进行了精细加工，多标注了一些关键数据，并且将长长的海拔图分为七张，每个赛段一张，就像诸葛亮的锦囊妙计，每到一个大型补给站就取出一张新图，一目了然。我曾对奥巴巴说："你看，人家做的！"

比赛不光拼体力，还要拼智力，四肢发达头脑简单要不得。赛前的功课做或不做，做得好与做得差，差距也蛮大。因此，有人说，跑步是在用脚下棋。

第二赛段是从 Valgrisenche 至 Cogne，长度为53.5公里，累计爬升4141米，主要任务是翻越三座大山，不过海拔明显比第一赛段高：2854米、3002米、3299米，各自位于60、70、90公里处，相对应的最低点依次是1662米、1738米、1654米。

也就是说，每座山至少要直线上升1200米，最高的超过1600米！并且，巨人之旅的最高峰就出现在这个赛段。因此，抛却天气和个人体能的因素，这个赛段是最难的！

据称，生活在低海拔的人一般在海拔2400米以下感觉基本正常，没有明显反应；超过2400米，如果有合理的海拔阶梯和足够的时间，还是能够逐步适应；超过5500米后，无论花多少时间都无法完全适应。3000米，已经高过西藏林芝，身体会有所缺氧。3300米，只比拉萨低350米，既要当心缺氧，又要当心大风低温，夜间行走则尤其要小心。

相对于登山而言，这点海拔似乎不算啥，人家8000米以上的山一登就是好几座。不过，登山和越野跑是两项不同的运动，登山更需技术、装备和一

般性耐力，越野跑更需速度和速度耐力，装备则简单很多。环勃朗峰赛的冠军 20 小时 34 分完成有 9600 米爬升的 168 公里山地；耐力跑天王 Kilian Jornet 创下 7 小时 14 分登顶乞力马扎罗山并返回的纪录，而普通登山者要花一星期才能完成全程。

  2011 年夏天，由跑友五零等发起，2011 TNF 100 的女子冠军刘君彦、

全马成绩 2 小时 17 分的午超等 6 名跑者沿着昔日的茶马古道的滇藏线跑步上雪山。经过 9 个昼夜，他们从海拔 2000 米跑到 4500 米，全长 200 公里，创造了国内海拔 3000 米和 4000 米以上连续跑步距离最长，净海拔爬升最大两项跑步纪录。

Enrico Romanzi 摄

北斗七星横夜半,雨天终于要结束了

虽然是夜行,但选手的距离没有拉开。尤其在上山途中,一盏盏头灯彼此辉映,蜿蜒前进。也有些闪亮处不是头灯,而是路标的反光条,它们是静止的,小小的一团,头灯则是移动的,光照范围也稍微大些。

选手的衣服、背包、鞋子也大多有反光条,头灯扫上去,奇形怪状都出来了,有的像太空人,有的像隐形人,有的像怪兽……这些反光条其实主要为路跑而设置,以防止在夜间被汽车撞着。当然,在山地的夜间,也便于被其他人看见。

由于第一赛段跑得较多,平地和下坡基本在跑,因此膝盖上方的股四头肌有些反应,臀大肌也略有不适。为谋求长远发展,我降低了第二赛段的目标,能在16小时完成即可。行进时以走为主,只在路况好的平路和下坡跑一跑。

这样相对比较轻松。尤其夜间行进,全部是走,没啥压力。人流也不像第一赛段那么集中,我终于可以按照自己的节奏走了,有时坐在岩石上揉揉脚、压压腿、吃点东西,不再着急忙活。如果第一赛段也是这样,酸痛就不会来得这么早了。

第一座山不算难,只是下坡有点陡。正是黎明前的黑暗,抬头望天,满天星斗,其中呈勺子状的是北斗七星。记得2004年在北京门头沟第一次参加100公里越野赛时,也看到了北斗七星。时隔9年,物是人非,只有它明亮如初。

凡是能看到星星的无云的夜晚,白天一般是晴天。这点,我在值夜班下班的路上验证过无数次。有点欣喜,我们被雨折磨得太久,多少凶险隐藏在雨中。

6点,天蒙蒙亮,尽管太阳还没露出脸来,但山与天相接的轮廓中已经能看到呈波浪式的光芒。半小时后,旭日爬上山头,将山间的沟沟坎坎全部照亮,雨天终于结束了!

下到一个小型补给站兼计时点,大约6点50分。或许是被雨水浇坏,或许是洗澡时淋湿,手腕上的芯片已经无法感应。从此后,每个计时点都靠人工计时。后来,许多选手的芯片都坏了,工作人员也习以为常。另外,好多选手的号码布经过风吹雨打、磨损,字迹不清。"举办方只要肯花钱,这些都好解决!"

Enrico Romanzi 摂

王博一语中的。

这里有二三十人，我把杖和包放下，坐了会儿，吃了点东西。旁边站着一位穿紧身长裤的苗条女子。她是日本人，一只眼睛坏了，用白布遮住，布上画了一面红色太阳旗，我们叫她独眼女郎。她看起来比较年轻，但据陈漱文说已经44岁，第二次来跑巨人之旅了。

走出补给站，找了块空地，做着简单的拉伸，以缓解肌肉、关节、韧带的疲劳。在100公里赛中，我也会在平坦地段边走边拉伸，效果好极了。

重复着以前的流程：踏上小镇的水泥路，沿着标志进山，人烟渐渐稀少，海拔慢慢升高……整个白天都在爬山，我计划在天黑前翻过最高峰，这样能减少夜跑的风险。我深知3299米意味着什么：大风、低温、缺氧、路滑等。

蓝天白云下的阿尔卑斯山像天使，像美女，含情脉脉地撩开温柔的面纱，将婀娜多姿、美妙绝伦的身段展现在我们面前。以前在视频中见到的蓝蓝的水泊、绿绿的草甸、绵绵的山体，一一呈现。每每抬头，都有"行至水穷处，坐看云起时"的观感。慨叹这里的风景之美，却找不到合适的词来形容！文学硕士的文学水平"可见一斑"。

山上有各色花。据Vibram HK 100微博写道："每年夏天许多小白花盛开在阿尔卑斯山区。这种高山植物火绒草也叫雪绒花，是菊科薄雪草属高山植物。

英文名Edelweiss，意为高贵白色，是阿尔卑斯山和比利牛斯山的原产名花和高山草原的象征。风靡全球的电影《音乐之声》即以小白花为隽永的主题曲，它是真善美的象征。"

享受比赛，是一个时髦的词儿，不止一位跑友这么叮嘱我。不过，于我而言，自虐是常态，享受是瞬间。参加巨人之旅绝对不是一件享受的事，能全程享受的人，恐怕还没生出来。保持一颗敬畏、警惕的心，才能周密计划，充分备战，小心行动。

步步为营，平安穿越两座3000米以上大山

爬第二座大山的时候，也没感觉到太大难度。多数上升的路都是"Z"形，增长了距离，但减小了坡度。只有最后一两百米直接爬升最为陡峭，累的时候，常常爬一会儿就站在路边，拄着双杖，"呼哧呼哧"喘几口气，再接着上去。

山顶的尖棱体上有一块牌子，上面写着"3002m"。不远处，有个很小的医疗站，透明玻璃造就，比中巴的车体还小，只够摆一张高低床。里面有2位工作人员，除了提供简单医疗，还承担着补给饮料、水的功能。里面的物品，

补给站的鸡。Enrico Romanzi 摄

奥巴巴在休息。Enrico Romanzi 摄

喝汤。冯冀摄

喝完出发。冯冀摄

金飞豹在路上。极致玩家提供

吴秀华。Enrico Romanzi 摄

都是直升飞机吊下来的。

行进的同时,我没忘补给。除了补给站的食物,我自带了少许士力架、榨菜、萝卜干、海带丝、烤肠。其中,士力架的热量较高,100克有489大卡;榨菜、萝卜干、海带丝轮流使用,主要提供盐,而盐里含有人体不可或缺的电解质。意大利的补给以甜为主,咸的较少。

水壶背包供水方便,把头一歪,嘴就叼住了水壶的吸管,"咂咂"两声,水就进了喉咙。两个水壶一共可以盛1500毫升的水或饮料,足够保障20公里的供水。整个比赛过程我没有缺过水,尿液比平常多出三分之一,这表明饮水充足,肾功能工作正常。

第三座大山也就是最高峰的登攀之旅较为漫长。晌午时分,在一个木质小屋旁边,自来水"哗哗"地流淌到长长的水槽里,有选手把双脚泡在里面,有两个小孩卧在长凳上笑嘻嘻地给我们加油。向阳的草坡上,四五位选手有的仰面而躺,有的侧身而卧,做着短暂的休整。为什么许多人在大型补给站待的时间短?因为困极了的时候,可以随时随地休息。

整个下午,我都在一个马蹄形的群山中绕来绕去,偶尔回首才发现已经绕了很远很高,曲曲弯弯的路绵延到天际,但最高峰依然遥遥在上。最后的强攻来得很猛烈,海拔显示抵达3200米的地方时,以为登顶,实则还有一个山头高高在上,于是继续埋头苦干。

百米的山头有何难?非也。巨石横陈,狭路只有30厘米宽,全部为不规则的石头。左侧是70度的大陡坡,乱石穿空,掉下去必将粉身碎骨。好在,右侧打了保护绳。我没扶绳子,而是用双杖一点点撑稳,再往上走。百米山头耗掉我一二十分钟!

损失点时间没有关系,能安全完赛比什么都重要!

登顶后,可以万事大吉了?也不是。急剧下降的危险大于上升。一脚没踩好,或者惯性往下冲,或者手杖没支稳,都可能摔落山崖!为什么登雪山的人那么慢?因为每一步都在厚厚的冰雪中前进,每一步都关系生死!

后来有同事问我,有没有高原反应?这个真没有。高原反应指未经适应训练的人迅速进入3000米以上高原地区,由于大气压中氧分压降低,机体对低氧环境耐受性降低,难以适应而造成缺氧,由此引发一系列的高原不适应症。当然,除了缺氧的因素之外,还有恶劣天气如风、雨、雪、寒冷和强烈的紫外

Enrico Romanzi 摄

线照射等等。

有人说，身体好的人上高原反应会强烈，身体差的人上高原反应不强烈。实在是无稽之谈。有五种人不宜上高原：有心血管病的人、高血压患者、肺功能不好的人、感冒患者、高脂血症患者。因此，需要到高原工作的人，应仔细地体检是否患有这些疾病。另外，从低海拔地区到高海拔地区要阶梯上升，逐步适应。

我之所以没有高原反应，一方面是亚高原训练较多，五上灵山不是白上的；另一方面是曾经去过高原。2012年夏天，我和刘磊副主任去西藏出差，忙里偷闲慢跑了一次，虽然呼吸比平原急促，但还是跑完了18公里。在海拔稍低的林芝晨练时，状态更好，和一队正在进行武装拉练的战士跑了好长一段。

陈漱文说，他在海拔4100米的黄龙跑山时，有过较强烈的反应。因此，在巨人之旅的比赛中，我也有过担心，毕竟这么久没上过2500米以上的地区。我能做的就是快上快下，让身体还没来得及感受到严重缺氧就已经撤到3000

米以下山区。当然，这需要体能的支持。

在最后几公里平缓的下山路段，极致玩家的记者再次跟拍，直到终点。18点 40 分许，我完成第二赛段，抵达 102 公里处的大站 Cogre。这一赛段花了将近 16 小时。由于控制了节奏，较为舒缓。如果第一天就按这个节奏来，后来发生的许多事情是可以避免的。

"陈漱文于当地时间 18:26 进入位于离起点库马约尔 102.1 公里的大型补给站 Cogne；曾华锋紧随其后，于当地时间 18:44 进入 Cogne。此时两位运动员正在休息，暂时排名分别为 278 和 288。奥巴巴预计当地时间凌晨进站。"泰尼卡在每日简报中播报。

至此，难度最大、海拔最高、天气最差的两个赛段结束，距离超过 100 公里，爬升达到 8100 米，中国任何一个 100 公里越野赛都没有这么难！能完成这两个赛段的选手，在国内应该算是有相当基础者。2012 年，子尘就是在这里退赛。这个关卡会卡掉多少选手？

夜黑坡陡路滑，杨源摔落山崖头部撞伤去世

有了在第一个大型补给站休息的经历，这回轻车熟路：领存衣包、用移动电源给佳明310XT充电、在一层大厅吃饭、拎着大包到休息室……休息室貌似大礼堂，上百张单人行军床井然排列。不过人进人出，头灯闪闪，不到困极难以睡着。

我舒舒服服洗了个澡，正准备找床位睡觉。忽然，看到前面有位熟悉的选手，那不是陈漱文吗？不见他也就一天多，但感觉隔了好长时间。他脸色黑得吓人，拉着我走到一旁，低声说："杨源去世了！"我大惊，第一反应就是："去世？心脏病？猝死？"

在我的印象里，北京马拉松、广州马拉松都发生过猝死事件，但跑者依然纷至沓来。而有些中小学校发生猝死后，校领导、老师、学生、家长"闻跑色变"，长跑课干脆被取消。于是，中国人的体质越来越差，"胖死"的人越来越多——肥胖导致心血管病、"三高"、中风、糖尿病等。

据《新英格兰医学杂志》载：一项美国研究对387例年轻猝死运动员调查后发现，导致猝死的原因依次为肥厚型心肌病(26%)、心肌炎(5.2%)、致心律失常性右室心肌病(2.8%)、冠状动脉粥样硬化(2.6%)和扩张型心肌病(2.3%)。也就是说，多数运动员猝死与"心"有关，无缘无故是跑不死人的。

陈漱文告诉我："下山时，摔了下去……"我这才想起，赛道上确实有许多危险之处，尤其2800米以上的石头山，坡度极为陡峭，稍不留意就会发生意外，但我没想到意外竟然出现在自己熟悉的跑友身上！巨人之旅虽然难度很大，但前三届都没有跑死过人。

陈漱文是看到同事给他发的"注意安全"的短信时，觉得蹊跷，才上网查看的，然后发现举办方9日公布了杨源遇难的消息："为尊重家属，有些细节略去。巨人之旅举办方以最沉痛的心情发布通告：在Crosatie垭口下，有一位运动员因为在夜间的事故去世了。'巨人之旅'举办方向该运动员致以最深切的哀悼。"

举办方为表达对于去世运动员的哀悼、尊重和同情，决定取消报道跟比赛技术方面和成绩方面无关的所有信息一天。另外，正在跟运动员的家属取得联系,并以最沉痛的心情向运动员的家属和跑友致以慰问。"举办方鼓励所有志愿者、跑友和比赛观众对于发生的事故表达最强烈的尊重,尽量利用冷静和理智的心态鼓励和支持还在比赛的运动员。"

赛后,据奥巴巴回忆,第一天的比赛要连续翻越两座2800多米的山,夜晚10点,他听到新加坡女选手蔡晶晶呼救:前面有人掉下去了!他和一名意大利选手迅速沿"之"字形赛道下行,直线下降百来米后,在偏离赛道10米左右的乱石堆中,发现一名男子身子朝上,头部朝下,血流不止,并发出微弱的求救声:"Save me, Save me…"

奥巴巴说,由于天黑,加之伤者身上盖了急救毯,没能认出他是杨源。雨一直在下,还刮着风,温度很低,奥巴巴和意大利选手冻得直发抖,站都站不稳。等了一段时间后,得知救护人员正在往上赶,遂无奈下撤。蔡晶晶留守。路上,奥巴巴见到上行的救护人员,但时间已经过去快两小时,救护人员往上走还得一段时间,杨源即使没有摔死,也会失血而死……

据蔡晶晶说:"我大约在杨源后面5米。当我看见他消失在悬崖边时,心一沉。当我寻找他时,我发现了他的帽子、登山杖,他已经躺在血泊中。"蔡晶晶立刻呼叫医疗救援,呼喊路过的跑者帮忙。杨源一开始还有意识,对蔡晶晶的呼唤有反应,但最终不治。

下山途中。极致玩家提供

来自杨源相机

蔡晶晶虽然深受震撼，但她决心继续向目标前进。她说："当杨源遇难的消息传开，每个人都被震撼。虽然我和杨源不是很熟悉，但是他的最后一刻和我在一起，这对我是个打击。但是我知道，我必须继续向前，这就是生活，你必须前行。"

"早上的一切是多么美好：睡得香，吃得饱，出发前帅帅的合影，凉爽的天气，壮丽的风景，还有路上刚刚结识的朋友以及相机里记录下满意的照片。仿佛一个人生来一帆风顺，但命运就在他最意气风发壮志满怀的时刻给予迎头一击，斩落马下，不留后悔的余地。难道人生就是这样？"有跑友如是说。

9日11时，举办方通告："昨天夜间在去往 Valgrisenche 方向、在 Fond 湖附近、下 Crosatie 垭口的路上去世的运动员的身份：姓名是 Yang Yuan，号码1040，1970年出生的中国籍选手。事故是由于运动员摔倒头部撞伤去世。让我们永远都记住他的微笑，愿逝者安息。"

奥斯塔山谷自治区旅游局局长 Aurelio Marguerettaz 发信悼念："巨人之旅的最基本原则和价值理念是友谊、团结、尊重，也是这项比赛的基础。我以巨人之旅的基本原则代表奥斯塔自治区管理方和整个奥斯塔山谷社区对运动员的亲属、朋友表达最深切的哀悼……"

"这旁边所有的人都知道了，只有你和我不知道。"陈漱文说。泰尼卡和极致玩家的工作人员担心影响我们比赛，一直隐瞒着消息。王博见瞒不住我们，也证实了此事。

"这么一个活生生的人说没就没了！"我倒吸一口凉气，杨源走过的路我必然走过，所有抵达这里的选手都走过，谁都有失足的可能性。遇难的可以是杨源，也可以是我，是你，是他！人同此心，心同此理，怎能不震惊？！怎能不沉痛？！

我想起2002年的那个夏天，我刚接到北大研究生院的录取通知书，就听说北大登山队在希夏邦马西峰遇雪崩，五名学生罹难，一根绳索上串着五具年轻的遗体！而在此之前，我还亲见"预祝北大登山队登攀成功"的条幅在北大南门高高地飘摇着，那些闪亮鲜活的身影顷刻间便在风雪中消逝！我据此写成3万字的《山鹰传奇》，迄今尘封在家。

这些年，山难不断。在通往珠峰的上升途中，躺着一具具尸体，甚至绳索上也挂着尸体；阿尔卑斯山每年都有山难，仅法国2012—2013年登山季就

发生 70 起雪崩事故，造成 34 人死亡；2012 年 7 月 9 日，清华大学登山队原攀登队长、第六届中国户外年度金犀牛奖获得者严冬冬在新疆天山 4400 米高度的冰川掉入暗裂缝，不幸遇难。

这些事故大多发生在登攀雪山的途中。投身越野赛 9 年，我还是第一次听说有人在越野跑赛中遇难，而这个人恰恰是我认识的跑友！

陈漱文言谈中隐隐有退意，但我知道他不会退，他为巨人之旅付出了那么多，跑山跑到手指骨折，怎会轻言放弃？我也不会退，我为巨人之旅练了 4300 公里，流下过多少汗水！杨源是一名战士，倒在了冲锋的路上，而不是病死在床上。作为战友，更应接过大旗，一往无前，实现他的遗愿！

原计划在这个补给站待三四个小时后出发，但我决定延长休息时间，减少夜跑时间。从 9 日 18 点 40 分到 10 日零点 45 分的 6 个小时，我一直待在补给站，辗转反侧，难以成眠。满脑子都是这件事，挥也挥不去，忘也忘不掉……

第三垒山,杨源遇难处。来自巨人之旅官网

CHAPTER **07**

深夜独行峭壁间，儿子照片成为护身符

Enrico Romanzi 攝

满屋子的人忽然消失，难道是黄粱一梦？

午夜时分，我必须出发了。虽然我痛，我困，我怕，可我还得跑！尽管前面有百尺崖、千仞山、万丈渊。这就是生活。时间之矢永是向前，没有回头路。我要去跑完杨源没有跑完的路，我要去为自己和中国选手赢得比赛！

深夜，我背上行囊，点亮头灯，告别温暖的补给站。在王博跟随摄像的同时，李嘉特意走过来要帮我拍张照片，说周斌要，准备发条微博。我明白他们的意思，想让全国的跑友看看：荒城还活着，荒城还好好的！

第三赛段从 Cogne 到 Donnas，长 46.6 公里，累计爬升 3348 米，只要翻越一座 2827 米的山。在茫无际涯的大山中，我借着头灯的光亮，冒着细雨，含着泪水，踏上寒冷、漆黑、崎岖的征途，沉重地向大山走去。

为了安全起见，小头灯已经换上大头灯山瑞 D3。三灵连穿时觉得它很亮堂，但和外国选手的头灯相比，简直弱爆了。旁边一位女选手的头灯像喀秋莎火箭炮，一扫一大片；我的头灯则像迫击炮，只能炸出一个小圆坑。陈溯文用的是攀索（Petzl）的大头灯，明显比山瑞强，但还是觉得不够亮。一分钱一分货啊，参加这样的比赛必须不惜血本，用最好的装备！

这个赛段相对容易，只要翻过那座大山，就有长达 30 公里的下降。累计爬升说是 3348 米，实际上不到 2000 米，不知道官方数据从何而来？无论是从海拔图上掐着算，还是根据佳明手表的实测，都没有超过 2000 米。

基本不结伴前进的我，选择了结伴而行。一出门就跟上一位高大、健壮的意大利中年男子，并用简单的英语和他聊了几句。他步行速度快捷、稳健，在小镇的路上就超了两三位选手。上山后，他在前，我在后，稳稳地走着。

一段上坡后，感觉他的节奏太快。两个赛段的行军，不仅股四头肌、臀大肌有反应，小腿腓肠肌也有了反应。甚至，胳膊也因长期拄杖而酸痛，经常得用力甩一甩。为此，我试图用更慢的节奏来应付未来的旅程。沿途，依稀见到其他选手，节奏大多比我们慢。于是，我放弃跟随这位意大利男子，和其他选手一道。

常常是这样，前面有人，后面有人；前望有头灯，回首有头灯。我感到

夜行。Enrico Romanzi 摄

很安全，很踏实。

中途，肚子憋得慌，没办法，偏离赛道，窝在岩石后上大号。前面的选手蓦然回首，发现不见我，就不断用头灯扫。我两分钟解决完问题。手纸放在背包，不好取，就拣了两块石头擦了擦，真正地回归了大自然。我生在山里，长在山里，那会儿哪有什么卫生纸。

整个比赛途中，我只上过三次大号。沿途吃过的那么多食物，被饥渴的肠胃疯狂地吸收掉，连渣都没有！这是什么样的比赛，人还没疯，身体已经疯了。

2012年于雷前三天则吃不下东西——因为时差、高原反应和水土不服，他的身体出现很大反应，头疼、恶心、呕吐，只得给自己打糖水维持体能。在第三赛段，他出现幻觉，隐约感觉自己正在让父亲帮他做点什么。"当时已经到了崩溃边缘，我在一个非常险的小山峰上足足站了2分钟，反复地询问我自己，到底为何要参加比赛，是否还能再继续下去……"

我加速赶上那位选手，依旧一前一后地走着。其实，每个人都很孤独，都希望有人伴随。许多意大利选手都是两三人、三五人结伴而行，谈笑风生，令我羡慕不已。华人太少，我不懂意大利语，英语口语又太差，难以找到结伴的对象。

这样的局面维持到山腰的补给站。这个补给站本是当地的酒吧，先经过

夜行。Enrico Romanzi 摄

一个摆有桌子和椅子的小厅，再拉开门进到大厅。吃点东西，喝点水，有些困，遂在圆桌旁坐会儿。沙发上，一位男子正在侧着身子缩着腿脚酣睡。我取下头灯，摘下眼镜，想趴着眯一会儿。

居然睡着了，醒来时已过20分钟。原本满屋子都是人，这会儿呼啦啦全部不见了！难道是黄粱一梦？难道要一个人上路？我头疼极了。

在一个草坡上小睡20分钟，梦中看见妈妈

身材偏胖的好心的店老板送我出门，并给我指路。意大利人本来就很热心，听闻杨源遇难后，对中国选手尤为关照。我硬着头皮，迎着一个个反光条走去。速度提了提，前面肯定有选手。只要我有足够的速度，就能追上。

孤单地行走，满脑子都是杨源遇难的事，眼前全是杨源流血的头颅。从小听鬼故事长大。虽然我不信这些，但难免有阴影。我对自己说："求求你，别想了！别想了！！别想了！！！"但还是止不住想……

直到现在我都不知道，陈漱文告诉我杨源遇难的噩耗，对我有利还是不利。

Enrico Romanzi 摄

从不利的方面来说，极大地增加了心理压力，让我的精神变得高度紧张，行事过分保守；从有利的方面来说，使我牢固树立了安全意识，毫不松懈，绝不得瑟。

"夜晚一个人行进时，我的心里更多了几分忐忑不安。看到到处是悬崖峭壁，到处是冰雹和雨雪留下的湿滑路面，我觉得这个比赛不仅艰难，而且危险就在身边。"赛后《人民日报》发表季芳采写的报道，"阿尔卑斯山白天像天使，晚上却如魔鬼，可以无声地吞噬很多东西。我尽量减少夜跑的时间，但是150小时的关门时间设定近乎严苛，夜跑根本无法避免。"

我把1岁半儿子的照片装在防水袋里，放在背包里。途中，我经常和他"聊天"："宝宝，天黑了，咱们怕不怕？"宝宝会说："不怕，爸爸久经沙场，怕什么呀！"我说："宝宝，爸爸一定活着回家，我爱你还没爱够呢！因为矿难，我5岁时就失去了爸爸，我不会让你失去爸爸。"

大山如约而至。虽然这座山超过2800米，但没有太多石头。而且，这一带建有高高的基站，偶尔会见到各色建筑，感觉离人类活动的区域并不远，心里也就少了些不安。

下山途中陆续见到一些选手，有时结伴而行，有时超越而去。定睛一看，穿泰尼卡鞋子的还真不少。现在，我终于理解了，为什么巨人之旅的选手喜欢泰尼卡鞋子，因为它的鞋底厚，减震性强，踩在石头上不硌脚。巨人之旅的石头路实在太多太多了！虽然阿亮说过赛道上石头多，但没想到多到这个程度。

路面变得宽广、平缓，溪流静静流淌，经常溯溪而过，在岩石上跃动。朝阳蓬勃而出，再次照亮山野。葱茏的美景复现，真是"相看两不厌，唯有敬亭山"。

走完防火道，抵达小镇。我在一户居民旁边的椅子上坐下休息、揉脚，一对银发的老年夫妇微笑着走过来问候。见我没啥事，就放心走开了。有风拂过，鼻子有点不舒服，我用手指按按，突然发现手指鲜红一片——流鼻血了，或许是鼻孔里的毛细血管破裂了吧。

经过一个长满杂草的小坡时，困得不行，绕到草坡后面向阳的地方，将风衣的帽子戴上，和衣躺下，一会儿就睡着了。我看到了妈妈，刚想喊，就醒了。一看表，已经过去十几分钟，于是站起来，拂去身上的杂草和蚂蚁，继续出发。

出国前，我跟老妈说过，要去意大利比赛，让她不要操心。她对比赛没啥概念，平常也不会上网，要不真会提心吊胆。在我做调查记者的那几年，只

报喜不报忧，老妈只有在听到我同学或老乡说起我打黑除恶的事时才知晓。进入人民日报后，哪里有大事我就在哪里：汶川地震、"七·五"事件……每次出行，我都瞒着老妈。

在一段平坦的路上，我拨湖南老家的座机，但总也打不通。拨老婆的电话，通了，本想试探她知不知道杨源遇难的事，没想到，她一开口就问我杨源跑了多少名。我想，她肯定知道了。果然，她说："网上全是这个消息，新浪啊，搜狐啊……我专门加了泰尼卡和极致玩家的微博，天天看着呢。你一定要注意安全，我和龙龙都等着你回来呢！"

其实，给家里人打电话还有另一个原因：想听听她们和宝宝的声音。万一遭遇不测，也留下一个念想。人在困境时，最想念的人还是最亲近的人！

探险家金飞豹被直升飞机送往医院

第三个大型补给站Donnas坐落在148.7公里处，海拔只有330米，在整个比赛中是最低的，很难找，在小镇里跑了一公里又一公里，就是没有尽头。

当赛段距离超过 50 公里时，它才犹抱琵琶半遮面地出来了。

虽然精神压力大，但我体能尚足，用了 11 个多小时完成这个赛段，时针还没指向 12 点，泰尼卡和极致玩家的工作人员都不在。我跟王博说过，要过来赶中饭的，但他认为我没这么快。有没有人都无所谓了，照常洗澡、吃饭、睡觉。

那一觉睡得很短，也就个把小时吧，但很香。"我第一次进来时，看你在打呼噜，很响，就没吵醒你。"随后赶到的王博说。他第二次进来时，我刚醒。我从黄色大包里拿出 UK8.5 码的"闪电"鞋子，发现仍然湿漉漉的，但别无选择，穿吧，只有它最防滑最合脚！

在这里得知，金飞豹因伤退赛。据泰尼卡发布消息称："当地时间早 6 点左右，泰尼卡中国选手 936 号金飞豹申请退赛……中午 11 点，金飞豹已经平安返回库马约尔，右腿膝盖有轻微损伤，已经进医院处理完毕！"

据称，金飞豹曾历时 18 个月零 24 天先后登顶七大洲最高峰，并徒步到达南、北极点。金飞豹有着丰富的登山经验，稳健的步行节奏。他在完成第一赛段后，睡了三小时，状态恢复了很多，但"肌肉酸疼是难免的"。面对第二个赛段 53.5 公里和本赛事最高的山峰，金飞豹对极致玩家的记者说："没有压力，挺过今天就成功了一半！"没想到还是没能挺过去。

后据金飞豹说，他在 90 多公里退赛后，专门有志愿者护送下山。这位志愿者是士多店的店员、小伙子，在护送途中脚踝严重扭伤，上了直升飞机。金飞豹在一个停机坪也上了直升飞机，直接被送往医院。

"我说不用看医生，没事。工作人员说，一定要看，而且要看出点伤，否则费用得自理。"金飞豹说，"我明白了，于是听从安排，在医院检查了膝盖，诊断有轻微损伤，这下，举办方也不用出钱，我也不用出钱，医院也不用垫付钱，钱全部由保险公司出，皆大欢喜！"

一同退赛的还有刘玉美。刘玉美和我比较熟，年龄比我稍大点，参加过 TNF 100、沂山 100 等越野赛。不过，这些赛事和巨人之旅相比，判若云泥。即使是世界闻名的摩洛哥撒哈拉沙漠地狱马拉松、美国死亡谷恶水超级马拉松都没法与它匹敌，都不是一个重量级。在泰尼卡的帮助下，刘玉美改签机票提前回国。

许多人认为，只要慢慢走，就能把巨人之旅走下来。其实不然，巨人之旅不仅在大型补给站有关门时间，在一些小站也有关门时间。仅凭慢走是无法

在关门前完成各个赛段的,还得具备一定的速度。否则,被赶着走,过得了这一关,过不了下一关。

当然,也不能以成败论英雄。顾拜旦说过:"在人生中,重要的事情不是胜利,而是奋争。对人生来说必不可缺的东西,不是取胜,而是曾经无悔地战斗过。"能站在巨人之旅的起点并完成过艰苦卓绝的一程,就已经超越了过去

Enrico Romanzi 摄

极致玩家提供

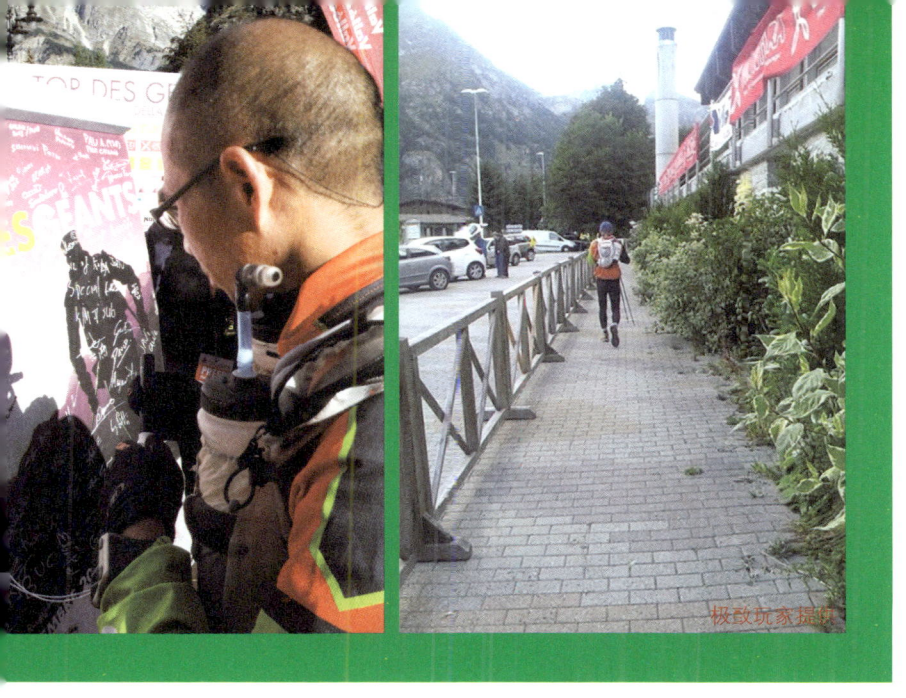

的自己。

9 月 10 日，泰尼卡发布每日简报：“曾华锋和陈漱文在休息后，分别于 14:20 和 15:25 离开了距起点 148 公里的第三大站 Donnas 站，前往下一个计时点！连夜赶路的选手大多选择在这里午睡，举办方在这里特别安排了按摩师为选手放松！”

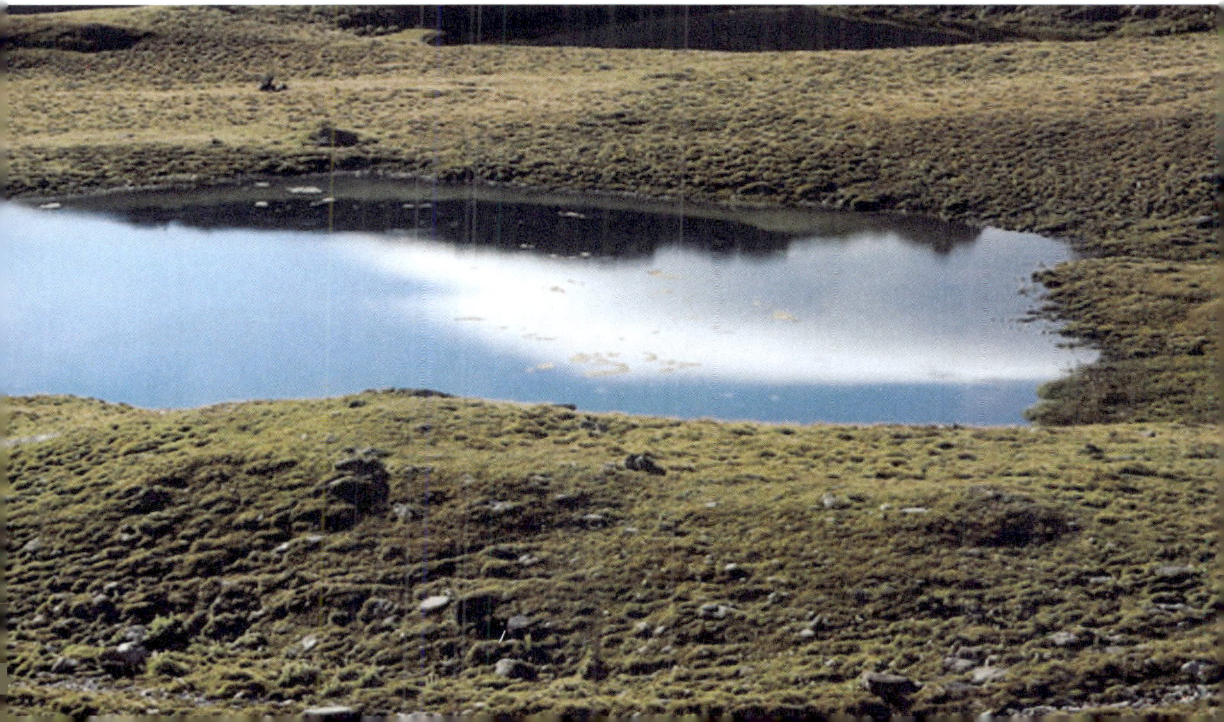

CHAPTER 08

高山失温,蜷缩补给
站十余小时苦候黎明

大风刮过山脊，冻得我全身发抖手不能动

"恐惧是人的本能，如何战胜惧怕，知其不可为而为之？这需要长期修为，善养浩然之气。"我在拙著《调查记者》一书中写道，"能否战胜恐惧，这往往是英雄与凡人的分水岭。"

在广州当调查记者那几年，我以笔为枪，配合公安机关打掉了两个带黑社会性质的犯罪团伙，并将强奸卖花女案中的涉案经理、局长、庭长、支队长"一锅端"。28岁那年，我便达到自己调查记者生涯的巅峰，与王克勤、赵世龙等成名于新闻界。

在刀锋上行走过多年，我告诉自己不用怕，只要踏实地走好每一步，就能过关。同时，我抓紧时间尽可能多地在白天翻越大山。

在 Cogne 只休息了两个半小时，我立马踏上第四个赛段 Donnas-Gressoney St Jean——长51.6公里，累计爬升4107米，要翻越五座2200米以上的大山，还有好几座2000米以上的山犬牙错互，难度和第二赛段有一拼！

第一座山海拔2224米，位于赛事半程166公里处。山并不高，前面的路段也不算难。和往常一样，抵达一个1900多米的垭口时，发现不是最高峰，于是穿过去，后面是一片广阔天地——望不到头的乱石堆。经过一片乱石，发现左侧有十几米高的空当，右边打了白色的保护绳。我小心通过后，很担心陈漱文，因为他可能会在黑夜通过此处。

又上了一个山脊，发现仍然不是最高点，大约还有百来米的爬升。这时，人完全暴露在山脊上，无遮无避。一阵大风刮来，抽得脸生疼，把身上的热量都卷走了，禁不住一阵哆嗦。黄昏已至，夕阳西下，温度骤降。我沿着山脊左翻右绕，朝着最高峰一路攀爬。

其实，我并不是一个怕冷的人，冬练三九时，京城零下十几度，四五级风穿城而过，也就穿一条薄薄的紧身长裤，上身穿一件T恤，再套一件薄夹克，再戴上一副薄手套、一个打劫帽，就算是全副武装了。

风越来越大，瞬间风力能到五六级，温度接近 -10℃，而我只穿了一条裤子。前几个赛段，背包里一直有备用长裤，但温度尚可，没有用上，后来就懒得带

了。没想到，这座平平常常的山变得如此寒冷阴森，让人猝不及防！

好在前面是 166 公里的补给站，我像见到亲人一样，快速奔过去。10 日 20:08，在开赛 58 小时后，我完成半程巨人之旅，爬升超过 12000 米，难度大大高于 UTMB——UTMB 的赛道都在 2500 米以下，没有巨人之旅险，多数路段可以跑。如果后程不掉速的话，120 小时完成巨人之旅不是不可能。

离开小镇，向山上进发。王博摄

来到宽阔的屋檐下，本来以为得在室外待着，但工作人员打开屋子的门，把我送进室内。顿感温暖。房间很小，中间摆着一张长方形大桌，饮料、食物一应俱全。一番补给后，看看天还没完全黑，我站起来，按亮头灯，想再赶点路。在哪里停留，我心里没底。

然而，刚走出补给站，下行二三十米，我就冻得全身发抖，手根本不听使唤。

查看地图。冯冀骋

一阵恐慌！如果继续走，身体肯定会马上失温，有生命危险。北灵山的夏子和东灵山的两位小伙子都是失温而死。我并不了解失温，以为只要加上衣服就好，万万没想到的是，这会儿居然连手都动不了了，更别说从背包里取衣服穿上！好在脚还能走，于是赶忙退回补给站。

如果没有补给站，真不知道会发生什么。补给站真是我的救命站！

记得于雷说过："有一天夜晚，阿尔卑斯山上寒风如刀剐，人工开凿的下山台阶只有一尺宽，旁边就是万丈深渊。山顶有一个山门，倒U形立着，阴森而寂寥。我足足站了两分多钟，不敢迈出一步。"他想到了死亡，喊起了父亲，但最终迈出了坚实的一步……

那时，我并不明白于雷为什么会想起死亡。现在，真真切切地感受着深渊、低温、黑暗，才意识到死亡离自己真的不远，有时仅一步之遥、一念之间。它就像一只凶猛的老虎，卧在那里，静等着你犯错或者体力不支，然后一跃而起，咬断你的喉管！

当记者这些年，我目睹了太多的死亡，各种死法，不忍回忆！我是一个不愿杀生的人，没有杀过鸡鸭，也没杀过鱼。在香山、灵山训练和在阿尔卑斯山比赛时，看到蚂蚁也要避开，生怕踩死。毕竟，那也是一个生命。蝼蚁尚且贪生啊！

邂逅陈漱文，难兄难弟同床同梦

补给站是木质结构，布局挺有意思，里里外外有好几道门，像密室。里面有一个咖啡厅，可以坐几十人，但里面的饮品、食品都要花钱。咖啡厅尽头，是一个个房间，上下铺，共四个铺位，可以睡两小时。然后，工作人员会把你叫醒，让位给其他选手。楼上则是个大通铺，可以睡一二十人。

工作人员问我要不要睡觉，我说睡！他领我到一个四人房间，指指上铺，示意我睡那。脱了鞋子，爬上去，衣服也没脱，盖上毛毯，迷迷瞪瞪睡了一个多小时。看到时间将至，干脆提前出去，省得被人叫走。

坐在大厅的长凳子上，正准备趴在长桌上休息，陈漱文进来了！我喜出

穿越乱石堆。极致玩家提供

望外，终于有人可以说说话、做做伴了。陈漱文说，他摸黑爬上来，在那片乱石中差点滑倒，但好像被人托了一把，没有掉下去，想起来仍然心悸。

不是我说他啊，陈老板有点小迷信，在大屿山摔断手指时，说是在山顶撒了泡尿，得罪了山神。我听了哈哈大笑，因为我不知道在山里撒了多少泡尿拉了多少泡屎。屎尿是肥料啊，可以滋润花草树木。

本来以为欧洲人很文明，比赛时会到厕所里解决问题。开赛后不久，就看到一个个男选手站在路边撒尿，毫不避讳女选手。有位女选手在小镇的补给站外边当众把长裤褪下，然后将内裤扯开一条缝往里面抹东西，不知道是抹凡士林还是其他什么，小伙伴们都惊呆了呀！

比赛期间，女人变成了男人，男人变成了原始人。

我和陈漱文患难与共，惺惺相惜，感喟赛事的难度和风险。"为什么没有人提及风险呢？"这是我们甚感纳闷的地方。可能前三届都没有发生过死亡事故，安全方面没能引起足够重视。陈漱文用英语与工作人员交流，获准和我一起上二楼睡两小时。

都说："无兄弟，不越野。"我们在大通铺的最里头挨着睡下。陈漱文弯着腰，瑟瑟发抖，呈虾米状，足足个把钟头。我将自己的毛毯扯过一半，盖在他身上。他说，里面的衣服全湿了，没换。两小时转瞬即逝，我们被工作人员叫醒。哎呀，真的不想起来！

又回到大厅，趴着睡了会儿。补给站里的人出了又进，进了又出，已经换了好几拨。他们经验丰富，带有排骨羽绒服或者冲锋衣裤，足以御寒。出国前，子尘建议我备一件排骨羽绒服，我以没人赞助为由没去买；王博建议我带上薄冲锋衣，但我嫌家里的那件奥索卡冲锋衣偏大，不愿带，现在才知道种下了恶果。

在户外，不能存有侥幸心理！宁肯多带，也不少带。

我特意倾听了一下，外面的风"呼呼"地响着，盖着毛毯都冷。我知道身上的装备不足以支持夜行。陈漱文也不想走夜路，于是继续央求工作人员，让我们睡一会儿。正好有空位，好心的工作人员再次带着我们上楼……

摄影师说我像一名战士，我觉得自己更像逃难者

那一夜非常漫长，黎明迟迟不肯到来。5点多，外面仍然黑黢黢的，两小时的休息时间又到，再也不好意思睡了。我们起床坐了会儿，然后收拾行装。陈漱文有一套防水、保暖衣物，就将一件一次性雨衣给我。我背包里备了一件，但也不嫌多，"窸窸窣窣"地将雨衣穿上。

接着，我将急救毯撕成两半，分别裹在双腿上，两端打结扎住。出门前，陈漱文在门口发现一个废弃的急救毯，示意我带上，我再次用它裹紧腿部。那位工作人员正好经过，觉得稀奇，拍了张照片，并微笑着竖起拇指，我也向他表达了谢意。

桌上有罐啤酒，拿起来喝了一口，真是"一壶浊酒尽余欢，今宵别梦寒"。陈漱文想再待一会儿，遂目送我离去。"看着你走，感觉很悲壮！"陈漱文事后回忆。"风萧萧兮易水寒"，他担心"壮士一去兮不复返"。尽管他没说出来，但我明白。

不过，我相信自己阳气重，和猫一样有九条命——6岁时从三四米高的梧桐树上摔下，安然无恙；被曝光的犯罪嫌疑人扬言要买我的人头，但头颅至今在我的脖子上；黑帮头目发来传真威胁，但最终被判20年押赴新疆劳改农场；在"七·五"事件中，采访组遭遇上百暴徒围攻，两辆采访车被砸，一把钢刀从我右侧窗口插入，依然逃离生天……

11日早上6点26分，迎着凛冽的寒风，穿着奇怪的行头，我走出补给站。算了算，在这里待了十个半小时，远远超过预期。本来打算在120个小时内完赛，但是寒冷的天气打乱了计划。不过，从另一方面来说，身体得到了恢复，原本酸疼的腿脚得到了缓解。

旭日照耀下的阿尔卑斯山又恢复了平静。黑夜消失，寒冷退却，大风减弱，路况也比想象的要好——本来以为一直得在空荡荡的高耸山脊上行走，但没多久就左行翻过垭口，下到山腰，再下到山谷。

"嗡嗡嗡"，又见直升飞机在飞翔，声音响彻天地。我祈求：千万别再有什么人出事！其实，直升飞机多数时候在当搬运工——往山上的补给站运输物资。

奥巴巴下山很快。极致玩家提供

陈漱文和独眼女郎。极致玩家提供

途中,一名外国摄影师看到我说:"You're like a soldier(你像一名战士)!"可我觉得,自己更像一名逃难者。他拍完照后,就往山上跑。在这里,似乎每个人都能跑山,就像河南少林寺周边的每个人都在习武。别看选手中有较胖者,有年长者,有残障者,但个个都经受过严格训练,具备超强的山地作战能力。

正如 Vibram HK 100 微博写的:"欧洲山地国度世代相传的民族同情心是支持着山地运动的强大支柱。在这些山麓国家里,人们的血液里流淌着对攀登的理解和自然的基因,虽然走在街上的人们会认为这些事情可能是无谓的冒险,但他们明白这是必须要去完成的事情。这样的认同造就了巨人之旅这样的赛事。"

人在草甸之上。冯冀摄

短裙女招摇上山,补给站烤肉喷香

据泰尼卡消息:"曾华锋于当地时间 18:07 到达 172 公里处的 Sassa,暂时排名 251;陈漱文也在 19:50 通过 Sassa,奔向 186.7 公里计时点 Niel;奥巴巴从 Donnas 出来后还未到达 Sassa,极致玩家跟随他拍摄,据说状态不错。"

这片山虽然不高,但连绵起伏,逶迤开去,长达 40 多公里。不断地上,不断地下,总也爬不完似的。幸亏,经历过补给站的惊魂之夜后,这些困难再也难不倒我，沿途还不忘欣赏下美景。美人，在这里是很难见到的。我不敢奢望"逢着一个丁香一样的姑娘"。

奥巴巴则是重口味，比赛时很性感，不比赛时很感性。赛前，他说希望能与女子同行，哪怕是大屁股的意大利大妈也成。不知道他的愿望有没有实现。其实，杨源生前也喜欢和女选手在一起。有道是，男女搭配，干活不累！人之常情。

言归正传。我知道自己迈出的每一步都有新的意义——跨过了 100 公里，跨过了 100 英里，即将迎来人生中的第一个 200 公里！常有人问，跑步有什么乐趣？这就是乐趣！人生最大的乐趣莫过于超越自我，实现那些看似不可能的目标。

在上另一个大坡时，一位外国选手迎面而下，我很诧异："为什么回去？"他疲惫地回答："太累，准备退赛。祝你好运！"此前，在小镇也见过一些退赛者，他们将黄色大包拎上车，打算回家。在这个赛事中，退赛司空见惯。

在又一个山头，看到一位婀娜多姿的女选手穿着蓝色短裙上行。在上垭口，她停下来拍照。嘿，这不是独眼女郎吗？穿得够性感嘛。我不像奥巴巴那样有追求，就先行下去。一会儿，她又追了上来。在跟着我穿越了一片乱石阵后，她向我竖起大拇指："Very nice！"还挺会鼓励人的嘛。据说，精通日语的陈漱文跟她聊过不少。

山间布置着一些不起眼的室外小型补给站，难以遮风挡雨，真苦了工作人员。但是，他们个个笑逐颜开，看到选手过来都很热情地问需要什么。

就在这么一个小站，我居然看到一个帅小

Enrico Romanzi 摄

Enrico Romanzi 摄

Enrico Romanzi 摄

伙在薄岩石上烤大片牛肉！岩石分为两半，一半正在烤肉，一半放着烤好的肉，香味扑鼻。一位女士帮我用碗盛了一碗类似小米饭的黏黏的东西，然后夹起一块牛肉，放在上面。那是我吃得最快意的一顿，像极了在家吃饭。

下撤的过程中，先是被极致玩家称为"白眉大侠"的意大利向导正面快速迎来，后是极致玩家的工作人员"十面埋伏"。他们能爬到2500多米，令我意外。没有一种强烈的敬业精神，谁会这么卖命？光有敬业精神而没有强大的体能储备，谁能上到这个高度？据闻，冯导跑过马拉松，李嘉经常参加泰尼卡的约跑活动，大刚、蜗牛、王博的体能也都不错。

他们飞快地跟拍着，大步从石头上跨越、跳跃，我禁不住捏把汗，无形中也放慢了步伐，有时停下来让他们先行通过——大家都不容易，还是让他们多拍点吧。作为媒体从业人员，上不上电视我真的不在乎，我在乎的是他们的敬业精神。

在拍摄过桥时，我大步跑着，手杖习惯性地往桥上一插，没想到插进了木桥的缝隙，手杖往后弹了出去，我则往前冲了过去。估计小桥就是这么受伤的。好在，我没摔跟头。回头捡起手杖，继续比赛。往后，每次过桥都会将杖掂在手上，不再触地。

战斗到最后一刻，奥巴巴 172 公里被关门

研究表明，巨人之旅的挑战来自生理和心理两个方面：生理上有体力透支、崩溃、缺乏睡眠、缺水、饥饿、疼痛、受伤等，心理上有沮丧、孤独、害怕、幻觉、方向感混乱等，交错在一起，一点点耗尽你的体能，拖垮你的意志，直至退赛或者冲线……

下到海拔 1329 米的第四个大型补给站 Gressoney St Jean 时，赛程已经完成 200.3 公里，时间为 11 日 14 点多。这时候不退赛，退赛的概率已经大为降低。

其实，退赛并非由于"意志不坚定"这样简单，我们不能过分夸大意志的作用而忽视其他因素。退赛多半是由于赛事的艰难程度超出了身体的负载能力，导致"生命有不能承受之重"。这也是一个力量对比关系：是你的力量大，

Enrico Romanzi 摄

Enrico Romanzi 摄

还是赛事的"力量"即难度大。

对越野跑颇有研究的马德民参加了2013年港百，在83公里处没能抗争过疲倦的压力而退赛。他说："我们总是乐于谈论完赛，而羞于讨论退赛。是自尊心和虚荣心在作怪吧？退赛有很多原因，身体意外受伤，电解质紊乱，过度疲劳……退赛应该是比赛的一部分，而对于那些完赛的数据来说，找到其中的规律也许对于退赛者会有些许启示吧？"

长期的摩擦，脚板虽然没有起泡，但有些疼痛，尤其前脚掌正中间和两侧、大拇指下端。在灵山训练时，这些部位就有摩擦的灼热感。在训练中没有解决的问题，又带到了比赛中。我能做的只是拿出云南白药喷了喷。

看到记者和Roby在拍，我又拿出宝宝的照片给大家看。作为记者，我知道大家会对这些细节感兴趣。让宝宝上上中央电视台也是好的嘛，呵呵。后来，这张照片果然成为当日热点，在极致玩家、泰尼卡中国的官方微博中出现，称是护身符。

其实，杨源身上也有一张"全家福"：父亲、母亲和妹妹、妹夫、孩子。在起点，杨源拿着"全家福"照相。平常比赛，我们都不会带家人照片。在潜意识里，巨人之旅是一个非同寻常的赛事，不付出巨大的代价，难以完赛，而亲人是我们完赛的动力之一！

在补给站得到一个消息：奥巴巴被关门退出比赛。据泰尼卡发布："当地时间下午 1 点多，奥巴巴在距离起点 172 公里处 Lago Vagno 退赛。在 Donnas 出发后出现呕吐，吃不下东西，行动速度很慢……很快会送到库马约尔！经过电话确认，他现在很好，请大家放心！"

奥巴巴是我的好兄弟、好队友，我们两个光头常被跑友乃至中央电视台记者搞混。后据奥巴巴说，比赛的前 3 天，他每天只睡 4 个小时，虽然顺利地在关门时间内到达补给站，但体能严重透支。当地温差很大，一会儿风雨交加，一会儿烈日炎炎，衣服得换好几次。比赛需要耗费大量体力，而素食的他无法进食当地奶酪、火腿等荤腥，渐感体力不支。

他一路紧赶慢赶，赶关门时间，赶得上吐下泻，赶得只吃得下一个苹果，但最终还是没能熬过 172 公里的关卡，被工作人员护送下山并输液。和金飞豹、刘玉美一样，他也是战斗到了最后一刻——不是主动退赛，而是被关门。

在壮行会上，奥巴巴说做了两手准备，即使退赛，也要比珊瑚多跑 1 公里。他们俩多次同跑 100 公里，赛前还一起进行夜跑训练，实力相差无几。现在回想起子尘当时嘻嘻哈哈说的"荒城要多吃点，破碗手指受伤增加了变数，奥巴巴去体验体验赛道，豹哥呢还在路上"基本应验。大师就是大师，不服不行！

杨源的事情对奥巴巴打击很大。9 日早晨，他在补给站确认杨源遇难后，非常伤心，没法控制自己的情绪，几次流泪，直到退赛，"我是离他最近的一个人，却没有办法做到救援，因为他是头部出血，我们也失温，很难去营救"……

只剩 2 位大陆选手战斗在赛道上，我们的完赛率已大大低于赛会完赛率，更低于上一年大陆选手的完赛率。客观评价，刨去天气、心理等因素，这届大陆选手的整体水平低于上届选手。上届选手都是国内越野跑前 20 名的高手，整齐划一；这届选手则分布在各水平段。但这样也好，有意挑战巨人之旅的跑友可以根据上届参赛选手的表现，来确定自己的目标。

"下午的消息，曾华锋已到达 200 公里的 Gressoney 站，换了衣服已经出发了！他坚持的动力来源于儿子的照片，那是他的护身符！陈漱文还在到 Gressoney 的路上，目前他和曾华锋相差将近 3 个小时！"泰尼卡每日简报如是写道。

而在 11 日 7:50，冠军 Iker Karrera 已到达终点，用时 70:04:15，刷新赛会纪录！打破了去年冠军 Oscar perez Lopez 75:56:31 的纪录，把纪录提前了

5 个多小时！Oscar perez 以 70:29:10 得到第二名；Franco 以 72:05:50 得到了第三名。

Vibram HK 100 微博点评道："Franco 是个奇迹，两年内完成从 Sky Race（20-30 公里）到 332 公里超长距离的转变；Iker Karrera 绰号冰人，严格自律和狮身人面像一样寒冷无情，终点拥吻妻子和给孩子签名时才见到他的笑容；Oscar Perez 绝对是个艺术家，从极地赛到超长赛涵盖了所有类型。"

桂冠由荆棘和鲜花编织而成。有记者问科比："你为什么如此成功？"科比反问记者："你知道洛杉矶凌晨 4 点的样子吗？"记者摇头。科比："我知道。我每天早上 4 点开始训练，要投进 1000 个球才结束。"不怕那些比你强的人，怕就怕那些比你强还练得比你狠的人！

我不够强，练得也不够狠，所以得笨鸟先飞。马笛娜告诉我，当晚山上要下雪，须做好防寒准备！我多带了裤子、衣服，李嘉将自己的羽绒服脱下、包好，狠劲塞进我包里，使我深受感动，因为我知道他上山拍摄也很冷。团队的力量温暖着我！

赛后，在接受人民日报《社内新闻》的采访时，我重点提到了团队："在我的身后，有许多团队在支持，如家人、赞助商、人民日报、极致玩家、绿野，还有千千万万的跑友。"他们有的在现场观摩，有的在网上围观，如好友周晨、李直、李乐天通宵上网关注我的进程，李红磊、哈哈大姐等跑友或打来电话，或发来短信。

王博 摄

CHAPTER 09
大雪将至?
紧赶慢赶访病悄悄萌芽

Pietro Celesia 摄

天气预报山上下雪，实则朗月如钩繁星点点

马笛娜的消息让我心头一紧。好不容易盼来天晴，山上却要下雪，雪后的山路必将湿滑无比，低温下还会结冰，滑坠、摔跤的可能性将大大增加。

刨去天气因素，本赛段难度较小，从 Gressoney St Jean 到 Valtournenche，距离只有 36 公里，在所有赛段中最短；爬升只有 2600 米，主要是两座大山，海拔分别为 2776 米、2770 米。为此，我加快行军的步伐，争取在天黑前、下雪前拿下第一座大山。

翻过几个大坡，爬升进行得很快。路边溪水潺潺，和霞慕尼的牛奶河水一模一样，都是雪水融化而成。山上有许多岩石，里面含有各种矿物质，将雪水染成了灰白色。但这里的矿石是不准开采的，因此生态保存得非常好。

人与牛。Enrico Romanzi 摄

稳稳地走在队伍当中，徐徐地超越选手。不过，还差两三百米直线上升时，夜幕逐渐降临。看来，天黑前登顶的计划泡汤了。好在，离巅峰已经不远，遂打亮头灯，快速攻下。

山上没有飘雪，甚至连风都没有，清静怡人。繁星点点，镶嵌在深蓝色的苍穹。秋月如钩，悬挂在山尖上。"床前明月光，疑是地上霜。举头望明月，低头思故乡。"能背李白的诗，说明我的大脑还是清醒的。Roby曾说，比赛进行完第一天，你们的大脑就不清醒了。对此，我持有异议，相信自己没有那么脆弱。

我又和儿子"聊天"："宝宝，你看，月亮姐姐出来了！她一直在关注着我们，照亮着我们。有她做伴，我们什么都不用怕！"我知道，在随后的几天，只要晴着，月亮只会越来越圆，越来越亮。因为，9月19日是中秋节，我还要回国过节呢！

下撤的路永远是那么陡、那么险。好些地方打了保护绳，不知道是杨源遇难后加的，还是以前就有的。或许有跑友以为，杨源遇难的地方最危险，其实那样的险境比比皆是，赛道上有十几处！我下山永远很慢，上山时被我超过的人"嗖嗖"掠过，我无动于衷。

话又说回来，欧洲选手的下坡能力确实比我强，技术也比我好。我根本就没有下坡技术。有位外国选手现场给我演示了一下，我也没有完全掌握。

只有在缓坡

上,我凭借路跑的优势,才能超过部分选手。毕竟,全程马拉松3小时以内是世界公认的高水平标准。

"故人入我梦,明我长相忆。恐非平生魂,路远不可测。"杜甫如是悼念李白。走在寂静的山路上,我还是会想起杨源。不过,我不再想起他带血的头颅,而是想起他微笑的面容。他是我的朋友,用生命提醒我注意安全,助我完赛,实现其遗愿;四届选手2000多人安然无恙,出事的概率不到1/2000,"小心驶得万年船"。在这条赛道上有很多选手已经通过或者正在走来,只要我停下来10分钟,就会有选手过来,我并不孤单……

面对困境,人要善于做积极的心理暗示。否则,你看到树影在摇曳,就以为是鬼魂在动;看到一只两眼放光的夜猫,就以为是什么幽灵,自己吓自己。置身大自然,就要与大自然融为一体,与其间的一草一木成为朋友,微笑面对所见所知所感。总之,一切往好的方面想。

下到小镇时,追上一拨儿人。我们穿过大街小巷,来到补给点,略作休整。看到有三四位谈笑风生的意大利选手一块出发,我就跟着出来。后面也有两三位选手紧随我们身后。

这段路很奇怪,说是在镇里走吧,却也有大树、山坡,先是上升,后又垂直下降500米,曲线也就成了三四公里。一路全是不规则的石头,不知道是人工筑成还是自然生成,不断下降,走得很崩溃,尤其膝盖承受的压力很大。

到达一个小补给站时,只想在外面待一会儿,等着大家出来。后来觉得无聊,才走进去。结果发现,进来对了,要计时!要不,就错过了。计时点的位置,我没有记在心上,也没有在海拔图上标注。得出的结论是,逢补给站必进!

若泰尼卡发布:曾华锋已于12日0:45通过222.5公里计时点,暂时排名229位,此时正在跑向下一个大型补给站,236.3公里处的Valtournenche;陈漱文于11日22:56从200公里处的大型补给站Gressoney出发,前往下一个205公里处计时点,暂时排名361。

Enrico Romanzi 摄

在头灯的黄光照亮下,一切都显得那么不真实

连续几天的疲劳作战和不断下坡,膝盖产生不适感。部位是膝盖上方的"盖子",即髌骨。先是髌骨正前方向的一个点在疼,后扩展至半圆形的曲线。在补给站喷了点类似云南白药的喷剂后,没有好转———一直处在运动中,没有时间停下来充分恢复。

膝盖疼痛是许多跑友和驴友面临的问题,甚至毁掉了一些人的运动生涯。我的膝盖还算坚强,路跑从来没有疼过,只有五六十公里的大强度跑山后会有反应。当绿野的兄弟姐妹们问我如何保护膝盖时,我建议靠墙半蹲,戴护膝,不要负重下山,轻装下山也要慢,多吃骨头多补钙。

其实,膝盖强弱先天因素很重要。比如说,Ulrich Gross 在北京开分享会时,跑友问他,膝盖有问题吗?他站起来,跳了跳说:"没有问题!"他每天跑山三四个小时,愣是跑不坏膝盖。也有的人,还没咋跑,膝盖就不行了。你说不是天生的是什么?这个结论虽然比较悲观,但是客观事实。

赛前,我没担心过膝盖,只担心在训练中扭伤的右脚踝因力量减弱而再次扭伤。于是,经常练"金鸡独立"。比赛前夜,我在酒店阳台上用右脚单脚站立了10分钟,大大超过以往的五六分钟,证明足踝力量和平衡能力已有所改观……

在补给站,旁边一位胡子花白的五旬左右的男子在打完瞌睡后,同我打招呼。聊天中得知他是德国人,参加过UTMB:"巨人之旅只是拉长了距离。"沿途见到过不少一周前完成过UTMB、穿着完赛纪念服的选手。我们大陆选手还在为一个赛事殚精竭虑,人家已经两个赛事一起玩。差距就是差距。

我跟着德国选手上路,凌晨的街道还有不少观众在为大家加油、鼓掌。我们一前一后走着,节奏如一。他时不时回头关切地看看我有没有掉队,为了不失去"兔子",我则努力跟随。有他领路,我少操一份心,只管走。

佳明腕表的电只能持续20小时,在补给站充过几次,但后来由于休息的时间短,本来就没有充满的电池已经消耗殆尽。看不到海拔,看不到里程,更看不到配速,只能依靠普通手表、周边大山、脚下步伐大致判断。还有段路,

佳明没电了，手表又没戴，纯粹的"盲跑"。

那夜，在头灯的昏黄光芒的照亮下，一切都显得那么不真实，宛如梦游。这是体力透支、缺乏睡眠、大脑不够清醒的表征，比较危险，容易失足。

研究表明："巨人之旅是一项要求高的超级耐力跑赛事，需要经过良好训练但不至于导致明显筋疲力尽。只有当每天行走超过 14 小时的时候才会显现出一点负面的能量平衡。"但据选手反映，持续运动超过 24 小时将出现幻觉。幻觉是病理性的知觉障碍，源于主观体验，没有客观现实根源，是一个危险的信号。

2010 年女子冠军 Annemarie Gross 说，一次出补给站时，看到很多人在追她，实际上身后没有一个人。男子冠军 Ulrich Gross 说，看到一个面包房，便向同伴建议去吃点东西，但找来找去，没有发现面包房。珊瑚在港百也出现

了幻觉,山下明明是城市,眼前却是海洋……

阿亮也出现过幻觉:"22点,恍惚间看到路边站着一个人,背对着我,毛骨悚然,继续前行,走近一看竟然是一块一人多高的石头。无心多想,继续前行,此时感觉极度困乏,没走几步感觉路边有人对我微笑,隐约听到加油声,走近发现,仅是石头而已!"

虽然我没有出现幻觉,但时刻警惕身体发出的信息。极度困乏的时候,前面出现亮光。以为是发电房或者其他设施,遂没有在意。十几分钟后,光亮越来越强,面积越来越大,那位德国选手一头奔了进去!我定睛一看,大喜过望,是补给站!由于夜间行进,我很少看海拔图,因此没有留意到这里还有一个补给站!

"当你累得像猪一样时,躺下就能睡着!"

吃的喝的我都有,最缺的是睡眠。更让我惊喜的是,这个咖啡馆或酒吧有长桌和长凳,只是比我的身长短一点。顾不上了,将双杖塞到桌下,卸下背包,取下眼镜,双腿弯曲,鞋子都没脱,就埋头躺下。

阿亮有在石屋里和石头上睡觉的经历,我们当时问他怎么睡得着?他说:"当你累得像猪一样时,躺下就能睡着!"

诚哉斯言!这个夜晚,我也变成了一头猪,沉沉入睡。打没打呼噜,我不知道,只知道没有做梦。醒来后,一看表,才过了个把钟头,埋头又睡,又是个把钟头。后来,有跑友问,你就不怕一觉睡上十几个小时?我说,不会的,比赛时,大脑始终处于高度警觉状态,像哨兵那样,隔三岔五就会唤醒你,进入战备状态。

高手睡觉的时间比我短得多。在北京分享会上,我问 Ulrich Gross 比赛时睡了多少个小时?他说:"只睡了一个半小时,这可能跟我平常睡眠少有关。我兼职了两份工作:看大门、烤面包,每天只能睡 6 个小时。"

凌晨 3 点多,我加了条裤子,加了件衣服,走出补给站。德国选手早已不见踪影,于是独自前进。离登顶只有 1.6 公里,已经"加"过"油"的我,一身轻松地迈了过去。两座大山被攻克,这个赛段也就进行得七七八八了。

"头灯在夜空中划出一道光亮的曲线,从山顶直飞山底。期间超人无数,被超老外惊呼'My God'!未等他回神,我已飞身夺路而过,全然无视 60 度陡峭的下坡、悬崖和巨石拦路,让我充分感受了'飞流直下三千尺'的快感。"阿亮回忆说,"事后看了地形图海拔图,还真后怕呢,当时稍有不慎就会摔得粉身碎骨。"

天亮后,下山的路也变得舒缓。我开始慢跑。仍然是无穷无尽的下降,仍然是在小镇的上方不断地兜圈子……郁郁葱葱的山脉又让我想起灵山和绿野的兄弟姐妹。如果不是看到各色皮肤的选手,我真以为走在灵山上。

"当地时间 8:01,曾华锋到达了距离起点 236.3 公里的 Valtour 站休息,9:21 从 Valtour 站出发,排名升至 209 位!选手陈漱文于 15:29 到达 Valtour 站,

在休息一小时后,离开了休息站,排名暂时升至第 338 位!"泰尼卡播报,"陈漱文说他现在心情很好,状态也不错,更加尽情地享受这个线路的美丽景色!在等到香港跑友后继续前进!"

可能是来得过早,泰尼卡和极致玩家的工作人员还在车上,往这边赶。补给站的工作人员给我端来了一碟空心粉。吃完后,我给水壶灌了些桃汁,又去澡堂好好洗漱了一番,好几天没刷的牙也刷了刷。胡子则一直没剃,拉碴得能扎人。

洗脚的时候发现了一个糟糕的情况:每只脚的后跟侧面都有一个水泡!起水泡通常和鞋袜有关。前几个赛段我穿的是 Mico 跑步专用薄袜,没有起泡。这个赛段换上了 Mico 穿越专用厚袜,就起了泡,位置还很对称。但后来了解到,陈漱文穿的是厚袜,没有起泡。因人而异吧。我用指甲掐掉右脚的大水泡,挤出水。左脚的有点小,姑且由之。

另外,双脚还有 9 处擦伤——类似茧子,厚厚的、硬硬的,走路和揉搓

征途。Enrico Romanzi 摄

时会疼，像针扎，像光脚踩在石头上。训练时也出现过类似擦伤，不过一旦停止山地训练，就会慢慢恢复成老茧。在沂山 100 公里中，右脚掌侧面擦伤严重，老茧的最里层起了个水泡，挑掉后才好。

　　这些，在前几个赛段没引起足够重视。不过，即使重视了又能怎样？还有那么长的路要走，还有那么多的山要爬，运动和损伤就是一对孪生兄弟，如影随形。我能做的，不过是用云南白药喷一喷，再将左膝戴上护膝——在迪卡侬买的，备用，没想到用上了。

　　出发前，我将那款电池支撑时间较长、装有意大利 SIM 卡的老式诺基亚手机从背包中拿出来，换成平常用的 iPhone 手机，准备途中听听音乐、拍拍照。苦逼了这么久，也该娱乐娱乐、留点纪念照了，反正成绩已经好不到哪里去了！

　　但是，我想错了！

CHAPTER 10 膝伤发作，脚板痛如针扎，绝望时不禁怒吼

只要能走,哪怕一步步挪,也要挪到终点!

古人云"行百里者半九十"。越接近结尾,就越是艰难。并且,许多意想不到的事也在发生。所以,我们永远不知道明天将会是什么样子,明天将会伴随什么而来。

第六赛段是 Valtournenche-Ollomont,长度为 47.2 公里,途中有十几座 2000 米以上的山,累计爬升说是 2702 米,实测超过 4000 米。难度和二、四赛道相当!在工作人员的热心指引下,我沿着 Valtournenche 小镇上的赛道向前走。

小镇没有高楼大厦,没有车水马龙,没有人声鼎沸,只有各具风格的古典建筑和悠闲散步的人们。即使不是摄影师,随便选一个角度,都能拍出异彩纷呈的人与自然和谐相处的图片。难怪德国诗人荷尔德林会高声吟唱:"充满劳绩,然而人诗意地栖居在大地上。"

途中一位年轻的欧洲选手不知何故停了下来,我打了个招呼,擦身而过。上山后,在太阳的照射下,觉得有些疲惫和困乏,加之脚板的疼痛有增无减,遂决定找个草坡躺一躺。草上有些湿,好在穿了风衣,再把泰尼卡的薄夹克铺在身下。却睡不着。于是给家里打电话,仍然拨不通。打二哥的手机,他不在家,我让他转告老妈:"莫要操心。"听二哥的口气,并不知道杨源遇难的事,我就

放心了。

　　大约半小时后上路，穿过丛林，看到高高的灰白色的水坝。那位欧洲选手在我前面，不过状况并不好，脚一跛一跛的，不知道是脚踝扭伤还是脚板起泡。这会儿我才明白他为啥刚出小镇就停下来。同病相怜，我们后来好几次相遇，均相视一笑——自然是苦笑。

　　我取出手机，打开音乐，试图走得轻松点。在香山训练时，听着这些我最喜欢的乐曲、歌曲，相当有感触——有的歌陪伴我走了一二十年的蹉跎岁月，有的歌记录着年少时的恋情，有些歌是我青睐的影视中的插曲……可是，这会儿听着听着就不耐烦了，还是关掉吧！

　　膝盖和脚板的反应越发明显，平缓的下坡也跑不起来。气得我横下一条心向前猛蹿："疼，我叫你疼！"现在只要是个跑马拉松的人，都能超过我。那会儿真想把鞋脱了，光脚走路。小时候没有鞋穿，常光脚走在马路上，石子硌得脚疼。后来脚上起了茧，就好了，如履平地。说起现在的赤足跑，那应该拜我们这些山民为师！

　　停停顿顿，摇摇晃晃，费死个牛劲翻越了一座2175米的山。这脚也奇怪，上山时感觉不明显，下山和平地则有反应。不妙的是，下坡时膝盖也有疼痛感。如果能维持现状还罢，最担心的是加重，毕竟还有两个赛段！

　　想起于雷在比赛时起过12个水泡，心有戚戚焉，于是拨通他的电话。正在微博上关注着巨人之旅的他热心而详细地告诉我，到医疗站用宽胶布也就是

冠军。Enrico Romanzi 摄

亚军。Enrico Romanzi 摄

水泡贴贴上。山上信号不太好，时断时续，好些话没听清。

奥巴巴在戈壁长征有处理水泡的经验，但手机关机。我给 Roby 打电话，问她有没有办法？她说 280 公里附近才有医疗站。我说，你能让极致玩家或者奥巴巴想想办法吗？买点肌胶贴也行啊，但未果。

坐在路边，失望地捶着腿，揉着膝盖和脚板。三四位正在徒步穿越的意大利男子看到了，停下来，嘘寒问暖。我指指脚板的擦伤处，一位男子拿出创可贴，我表示不需要，这个我也有。另一位男子拿出两个水泡贴，并取出一双卡帕的长筒袜子给我。

换袜子确实是解决水泡的好办法，我在此前的比赛中运用过。我说，我给你钱吧。他连忙摆摆手："No！"他问我遇难的杨源是不是我的朋友？我点点头："因此，无论如何，我都要完赛！"他的援手为我解了燃眉之急，让我有了坚持下去的勇气和希望。

接着，又翻越了一座 2300 米的山。下山时，膝盖疼得要命，每走一步都是钻心的疼。我想到了最坏的结果——退赛，却怎样都难以按捺心中的不甘。我满腔怒火，对着群山大吼："啊！啊！"比赛难道就要这么结束吗？！4300 公里难道就这样白练了吗？！

护膝一点用都没有，索性取下来。在石头上坐了会儿，揉了会儿。冷静下来后，算了一下，离关门时间还有四五十个小时，路程只有 80 多公里，即使一个小时只走 2 公里也可以完赛。我需要进一步观察身体的状况，祈祷膝盖、脚板的伤不要恶化。

"当蜘蛛网无情地查封了我的炉台，当灰烬的余烟叹息着贫困的悲哀，我依然固执地铺平失望的灰烬，用美丽的雪花写下：相信未来……"我想起食指的诗，"我要用手指那涌向天边的排浪，我要用手掌那托住太阳的大海，摇曳着曙光那枝温暖漂亮的笔杆，用孩子的笔体写下：相信未来……"

我在心里暗暗发誓，只要能走，哪怕一步步挪，也要挪到终点！四十年功名尘与土，我一个山里娃熬过了多少个暗夜闯过了多少道难关才走到今天，今天的挫折和磨难一栏难不倒我，我始终"相信不屈不挠的努力，相信战胜死亡的年轻"！

在补给站意外获得医疗，继续穿行危险区域

一位四五十岁的选手经过我身边时，停留了一会儿，同情地看着我，指指前面说："Hope！""Hope？"我有点纳闷，顺着他手指的方向，睁大眼睛看，依稀可见一个小屋，应该是补给站吧，那确实是希望所在。

将手杖调得更长一点，以多点支撑力，减轻膝盖和脚板的压力。以前比赛不愿意用手杖，嫌影响速度。然而，在巨人之旅中，不用手杖简直不可想象——不仅多耗体力，而且增加许多风险。这会儿终于理解了，为什么欧洲的越野赛允许用手杖，而美国的越野赛不允许用手杖。因为欧洲的赛道多在险且陡的阿尔卑斯山上，美国的赛道则相对平缓爬升较少，比如说著名的西部 100 英里越野赛累计爬升只有 5700 米。

两灵连穿时，段小华也建议："我觉得你需要训练全程用双杖，尤其是下山，会减少受伤可能性。特别是体力透支后，如果精力没有了，甚至出现幻觉，双杖就是救命杖。"当时，有朋友认为救命之说言过其实，事实证明确实能救命。

像残障人士那样，一步步坚持着抵达补给站，短短一两公里花了四五十分钟！明知不是医疗站，我还是心存侥幸地问一位女士："有医生吗？"她关切地问我哪里不舒服。我撩起长裤，卷至膝盖上方。她拿出一卷纱布，缠在我

的膝盖上。又取出几小片镇痛解热的阿司匹林药，问我吃过没有、能不能吃？我说吃过。将一片药溶化后，喝下。

告别补给站，向前面那座2783米的山徐徐迈进。以前上山就发怵，现在感觉上山挺好，起码膝盖不痛，脚板也不疼。山势雄浑，一座连一座，挨个排在一起，像一位位巨人。在山腰间行走的路段以砂砾居多，狭窄、倾斜、松滑，左边就是上百米的大坡，一旦失足，就会不停地翻滚下去，没有任何可以挡住你身体的植被和凸出的土块。不敢多看，专心行走。

登顶后，下降依然陡峭，高达70度，没有保护绳，我最担心的仍然是陈漱文。金飞豹、刘玉美、奥巴巴在退赛的同时，也结束了痛苦而坎坷的历程，再不用担心安全。陈漱文是我在巨人之旅中最佩服也最担忧的人——带伤运行，伤指用夹板固定，不能发力甚至不能弯曲，困难比我大得多！我无法想象他是怎么穿越这一个个危险区域的。

依然稳字当头，保证身体平衡，争取不摔跤、不崴脚、不踩空。为了做到这一点，必须降低重心，弯曲膝盖，减小步幅。有的品牌在推广视频中经常出现大步跳下甚至脚踹大树腾空而起的镜头，看似很酷，其实是哗众取宠，吸引眼球，非常危险，不宜模仿。

法国环勃朗峰赛第四名、日本环富士山100英里（英文简称UTMF）的创办者镝木毅在北京告诉我们，下山要"手舞足蹈"。这也是为了保持平衡，不摔跤、不滑坠。大家都见过走钢丝绳的人双手会紧握长杆，这与越野跑者微张双臂的原理是一样的。

这个赛段比想象的难很多，不断地在2000多米的山体上爬上爬下。走过了多少座山，已经记不清。海拔图上每一个看似不起眼的起伏，就是一座大山。后据陈漱文统计，累计爬升超过4000米，出乎我们的意料。

在两山之间的盆地上，隐隐约约可以见到小屋子，不知是牛棚，还是供电设施，亦或是古代的军事遗址。在另一个盆地上，盛着一汪蓝盈盈的水，系雪水融化而成，仿佛美轮美奂的天池。在悠悠的水边走过，再上行一个小坡，就来到了位于256.7公里处的补给站。

看到选手过来，有两人在空旷的平台上摇起了牛铃。补给站的外面是顶白色帐篷，透过半遮半掩的帐篷，我看到极致玩家的冯导、大刚、蜗牛。当我撩开帐篷走进去时，他们赶紧起身拍摄。本来预计我下午两点就能到达这里，

这会儿已近黄昏,冯导被冻得绕着湖畔跑步。从上午 9 点半出发至今,短短 20 公里,我走了逾 10 小时!

这个补给站有一位较为专业的高个女医生。我坐在长凳上,她细心地帮我拆掉膝盖上没有药的纱布,重新上了个带药的纱布,又用水泡贴贴住几处擦伤和水泡,也没嫌我的脚脏。处理完毕后,极致玩家的记者随我上路。

每次夜跑都让我压力重重,像一个挥之不去的梦魇

虽然走平路和下坡仍然要忍受疼痛,但是我知道自己的伤势没有恶化,当然也不指望能好转。在跟拍了一段路后,面对要继续爬升的赛段,极致玩家的记者先行下撤。我独自在群山中穿越,翻过好几座山。留意了一下,一小时能走 3 公里多点,比想象中要好。

山外青山楼外楼。后面的那座大山海拔为 2788 米,为本赛段最高,越过它就有 10 公里的连续下降。夜幕降临时,我已攻至"城下"——海拔 2600 多米的亮着灯光的补给站。稍事补给,跟随多位选手上行,在暮色沉沉中拿下最高峰。

随后的下坡并不轻松,黑暗和陡峭依旧是潜伏的敌人。几位选手陆续快

补给站。Enrico Romanzi 摄

补给站的工作人员。Enrico Romanzi 摄

速越我而去，我多想与人结伴而行，但不会有人等待。山间变得静寂，不禁又想起杨源。对于他用生命做出的警示，我不能无动于衷。走稳每一步，就是最好的回答。

阿亮曾说："别人问我哪个赛段最难，其实每个赛段都让我崩溃。"我觉得，每次夜跑都让我压力重重，像一个挥之不去的梦魇。实际上，我的胆子并不小，年少时经常坐在煤矿子弟学校后面的坟堆上看书。这些年，四处参加越野赛，早习惯了独自跑夜路。只是，杨源的遇难给了我和所有参赛选手巨大的心理压力，我们担心自己遭遇同样的厄运。

成绩并不重要，活着回去才最重要！"宝宝，我想你，真的好想你。我一定会活着回来见你。"我喃喃自语。我又喊起了爸爸，喊起了奶奶，他们这会儿一定在天上看着我保护着我！他们不可能让我遭受厄运！

弯月斜出山峰，高挂苍穹，微笑着瞩目，那么清澈，那么明亮。我绕过一个个山头，她也绕过一个个山头。噢，老朋友，我们又见面了！多少年前，在那个遥远的小山村，我们就认识了。奶奶不让我用手指指你，说会被刮烂耳朵，那一定是迷信吧！因为我偷偷地指了你好几回，耳朵也没有烂呀！耳朵在冬天会烂，那是长了冻疮。土砖屋和薄衣服哪能防寒？

抗日战争时期，奶奶的老家"白骨露于野，千里无鸡鸣"，父母都惨死在日本人手里。奶奶一生贫穷、衣衫褴褛、省吃俭用，我常看见她在逝去的时空中一遍又一遍掀开一层又一层布，把一小块红糖取出给五六岁的我。而我还没来得及报答她的恩情，她就离开了人世……

下山正是考验膝盖和脚板的时候。虽然疼痛难免，好在没有变得严重。在较为平缓的路段，我紧随一男一女两位选手狂奔。本来不应跑那么快的，但那位男子像疯了一样乱窜，弄得那位女子几次和他失去联系，只得和我一道。我不想失去"兔子"，遂勉强跟了下来。那段路倒是飙得很快，一小时能跑五六公里。

进城前，依旧在山上七拐八绕，如入迷宫。正面有一扇紧锁的铁栅门，路标却指示直接向前。难道要穿门而入？看了看，门倒是一栏一栏的，可以钻过去。犹犹豫豫钻了进去，迟迟疑疑前行，直到看见路标才放心。跨过一座桥，就到了山的另一面。

拐过几道弯后，迎面见有选手下来，估计是迷路了。我随两位男子上行，

在这个补给站，极致玩家的记者等了我多个小时。极致玩家提供

迷路的选手也跟了过来。接着绕了好几个圈，再通过一座桥梁，终于看到了镇里的灯光！

补给站位于271公里处，灯火通明，像一个硕大的仓库。计时区、补给区、睡眠区和厕所，全部连在一起。床上啥都没有，顾不上了，拿风衣蒙住头，挡住直射的大灯泡，闷头就睡，活生生一头猪！这时是13日凌晨1点多，我已经21个小时没有合眼。

3点多，高度警觉的大脑唤醒了我，真想再赖会儿床，但时不我待。爬起来，加多点衣服，灌满水。没见其他人出发，便迎着寒风独自沿后山道路走去。

在280公里处，本赛段还有最后一座大山：海拔2492米，需要上行1000多米。这个夜晚，我又像梦游一样，踽踽独行。景色看不到，人影看不到，脚底下只有时刻变换的路——土路、草路、石路、水泥路……我这一辈子也没有连续走过这么多路啊！

途中，三位男子超我而去，另有一男一女两位选手随我走了好长一段。在一个小型补给站，我停下片刻，随后摸黑前进。上到2300多米的地方时，回首一看，补给站的灯光已经变得微弱而恍惚，但仍然倔强地亮着。在寒夜里，它就是希望！

五六点钟，天色将晓，鱼肚白由少到多，山间由黝黑变成墨蓝。那对男女在不远处奋力穿越，头灯没有熄掉。在路况好的地方，我停下来拍了好几张

照片。"看景不走路，走路不看景"，这是户外的名言。

横切几处石头堆，拐过几个"Z"字形，巅峰就在脚下。几米之外，有个小小的医疗站，同时在担负着补给的任务。不敢多要，半壶可乐足矣，更多的补给留给更需要的人吧。这里的每一点补给都是空运下来的，弥足珍贵。

医生建议退赛，我"噌"地站起来，故作轻松

巨人之旅有一个关键词：耐受力。面临寒冷、饥渴、疲惫、瞌睡、崩溃、疼痛，能不能坚持下去？人不可能永远处于最佳状态，赛道上什么事情都可能发生。有些问题必须弃赛，有些问题可以坚持。当你有了强大的耐受力后，许多困难就成了"纸老虎"。

在这个大型补给站，我碰到了一位剃短了胡子的年轻医生。他见我步履蹒跚地走进来，就让我脱掉鞋子和袜子，躺在病床上，仔细查看了膝盖和脚板的伤处。有些话他似乎不想对我说，因此听到我和 Roby 通电话时，抓过我的手机，让 Roby 快来！

当 Roby 和极致玩家的记者赶到时，他用意大利语和 Roby 说了好一会儿。Roby 有点紧张地看看我说"医生认为你的伤很严重，建议你退赛！你现在走路能走稳吗？"我急了："什么？退赛？！不行，我能走！"都到这份儿上了，说什么也不能退赛。我"噌"地翻身站起来，做出很轻松的样子，稳稳地走着。膝盖疼，走平路那是没有问题的。

在巨人之旅中，医生的权力挺大，正如竞赛规程中写的那样："比赛官方的医生被授权在比赛中撤出任何他们认为不适合继续参赛的选手。救援成员被授权在比赛中撤出他们认为身处危险的选手。"于雷因为呕吐、吃不下饭也差点被医生"劝退"。

在整个比赛过程中，退赛的念头动过三次：一次是杨源遇难，一次是高山失温，一次是膝盖受伤。但是，这三次都是一闪而过，不够强烈和坚决，多半是抱着"骑驴看唱本——走着瞧"的想法。在内心深处，完赛的念头远远甚过退赛。

属于杨源的那盏油灯已经在风雨中熄灭了，奥巴巴和金飞豹也遗憾退赛，带伤运行的陈漱文则前途未卜，作为本届赛事中实力最强的中国选手，我身上承载着成千上万人的期望。我这盏灯不能灭！我的号码布不能被撕下！

经过会商，医生最后同意我治疗后继续比赛！客观地说，这是我碰到的

下山每走一步都疼。极致玩家提供

下山时膝盖尽量不打弯。冯冀摄

最为专业的医生，他指出，膝盖包扎、上药是有问题的，应该冰敷！于是，先后冰敷两次，吃了两片阿司匹林，并用肌胶贴固定住。对此，他充满信心："你的膝盖会像新的一样！"

在我洗过脚后，他又将水泡里的液体用针头吸走，再涂上消炎药水，贴上水泡贴。出发前，我感觉好转，冲他竖起了大拇指。他高兴地拍拍我，特意交代："到303公里的补给站后，再找医生看一看，就说在我这看过。"

当地一家电视台采访我，Roby当翻译。记者问："这次比赛什么最吸引你？"我说："最吸引我的是美丽如画的风景，还有热情爽朗的意大利人。但是，在安全方面需要加强，多打保护绳，多提出警示，不让悲剧重演。"记者问："以后还会来吗？不

一定比赛，也可以是旅游。"回答自然是肯定的，而且我想带孩子一起来。

"当地时间13日上午9点一刻，经过星夜兼程，曾华锋已经到达距离起点283.5公里的最后一个大补给站Ollomont，除了膝盖疼痛，其余都好。"极致玩家发布消息，"我们给他念了跑友们在微博的留言和祝福，他深受鼓舞，表示疼痛和困乏阻挡不了他前进的脚步！对跑友们的关心表示衷心感谢，他一定会安全、顺利抵达终点，健健康康回家！"

另外，由于长时间使用手杖，我双臂也有些酸痛，得经常用力甩甩。在下缓坡或走平地时，则提起手杖，不再点地，让双臂得以休息。好在，酸痛没有加重，这要得益于平常进行的哑铃和俯卧撑训练。跑者适当做些力

量训练还是必要的。

　　经过休息、吃饭、处理膝盖和脚的问题后，我于 11:10 出发。陈漱文 15:55 到达这里，休息和调整过后于 17:16 出发。"两个人都已经奔赴最后的计时站，距离最后的终点还有 48 公里。我们所有人都期待着你们的好消息！"泰尼卡在每日简报中写道。

　　同一天，泰尼卡中国的执行董事 Miso 带奥巴巴和金飞豹赶往奥斯塔地区殡仪馆瞻仰了杨源的遗容。奥巴巴说："意大利方面为杨源的遗体悉心处理，更换了一身干净整洁的运动着装，体面安详。据透露：最迟下周四将会启动杨源遗体的回国事宜。"

　　保险单约定，遇难者的遗体可以遣送回国，其亲属将获得 8 万欧元折合人民币约 64 万元赔偿。消息传到国内，跑界震动，跑友们自发进行捐款、义卖，短短时间就募集了十多万元的现金。

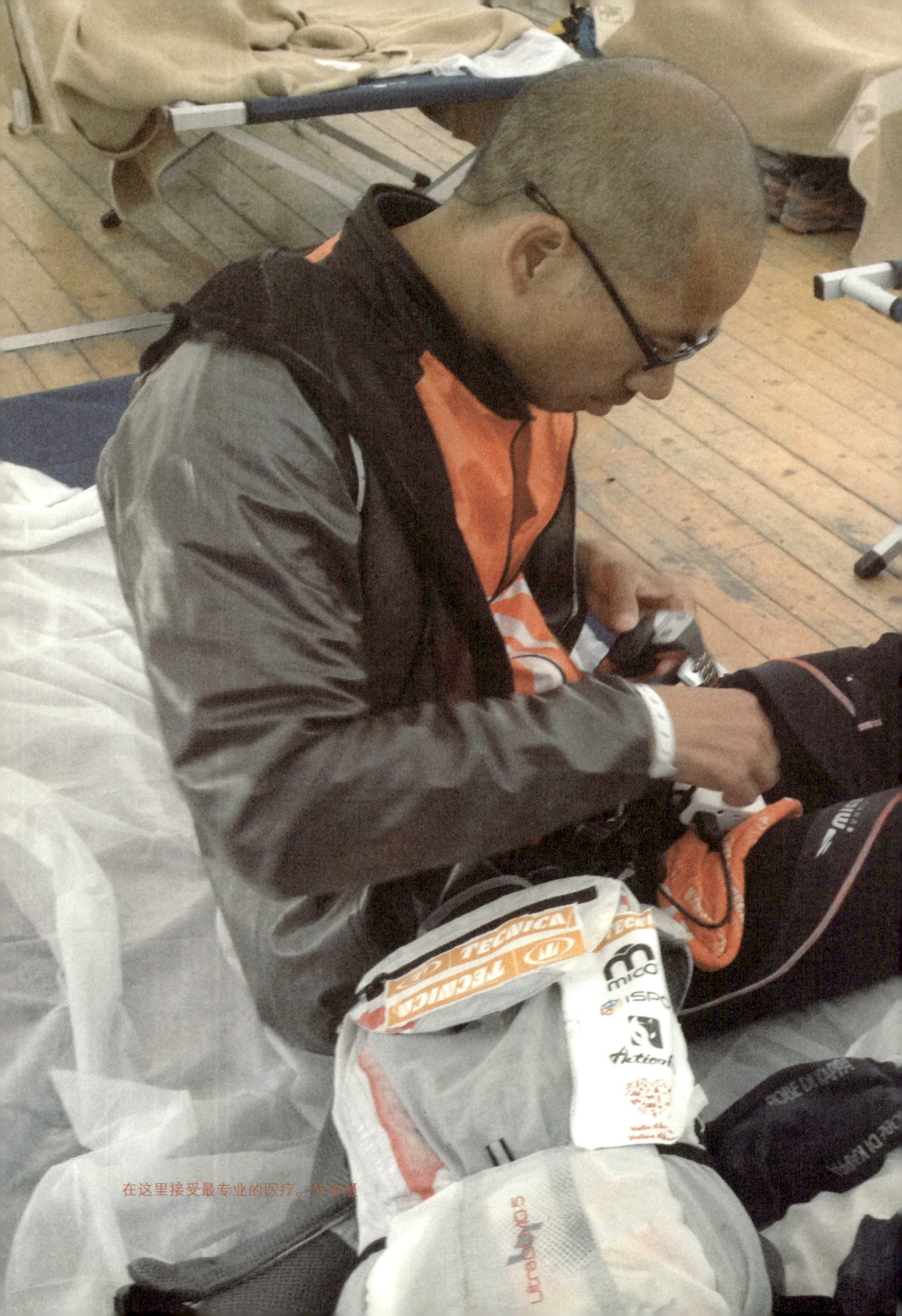

在这里接受最专业的医疗。冉浩 摄

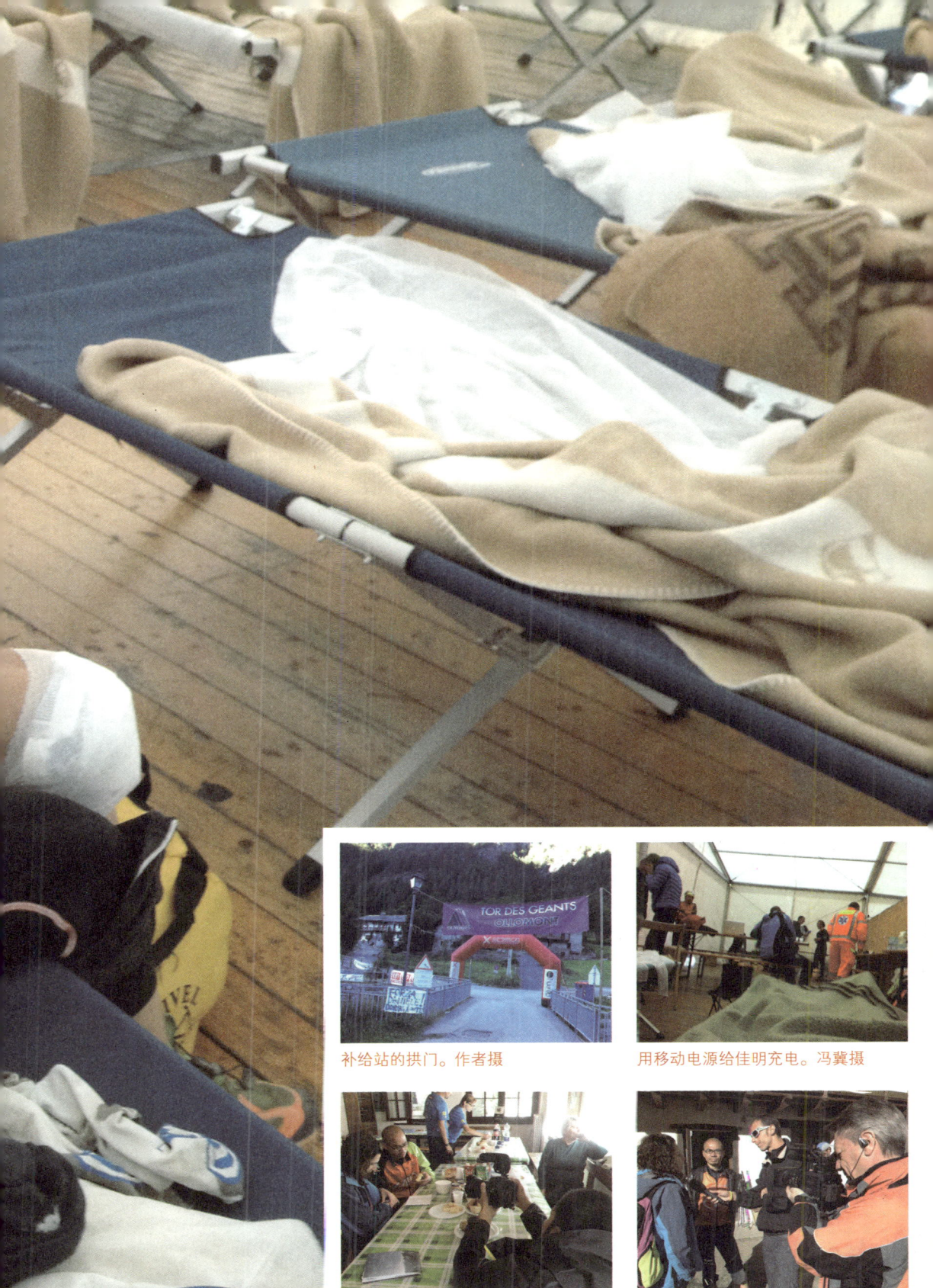

补给站的拱门。作者摄

用移动电源给佳明充电。冯冀摄

Roby 帮我拿来了一些食物,好好吃一顿。冯冀摄

接受意大利记者采访,Roby 当翻译。冯冀摄

CHAPTER **11**

第一缕晨光被唤醒
最后10公里边跑边流泪

极致玩家的编导陪我走一程，赛道上多了些快乐

圣者克里斯朵夫在逆流中走了整整一夜，左肩上扛着一个沉重的孩子。黎明时，快要倒下来的克利斯朵夫终于到达彼岸，他对孩子说："你多重啊，孩子，你究竟是谁呢？"孩子说："我是将来的日子。"少年时代，读至《约翰·克利斯朵夫》的结尾时唏嘘不已。

我也快迎来黎明了，我也快到达彼岸了！只剩下最后一个赛段 Ollomont –Courmayeur，只剩下 48.8 公里，只剩下最后 2 座大山累计爬升 2880 米，还有 29 小时关门。库马约尔就在不远处！终点的方门就在不远处！

虽然伤痕累累，但就体力而言，尚有储备，毕竟练了这么多年，不管是一般性耐力还是速度耐力，都还尚可。王焱在《准专业长跑运动员的训练流派分析》中评价："速度耐力派，代表人物荒城。比赛成绩：马拉松进 3 小时，越野跑表现更好，TNF 100 进前八名。"

愁云消散，伸展下腿脚和膝盖，疼痛有所减轻，尤其冰敷后的膝盖，不敢说"像新的一样"，但消炎迅速，疼痛大减。冯导和大刚继续跟拍，陪我爬完第一座 2709 米的山。他们开始担心跟不上，我就放慢步伐，并试图稳住治疗成果。一旦加速，伤情势必会反复甚至加剧。同时，我也尝试着享受享受比赛，在最后一个赛段多拍点照片和视频。

茂密的落叶松林、鳞次栉比的牛棚、广阔的高山草甸、五颜六色的鲜花、倾斜的磅礴山体……最高峰在这个角度是看不到的，我们最初所见的高峰只是"小

踏上最后一个赛段。冯翼摄

极致玩家提供

王",真正的"大王"矗立在最后面,俯视众生。不绕过两三个甚至五六个"小王",是看不到"大王"的。

勃朗峰是阿尔卑斯山的"天王"。总有一刻,我要看到它的真容!

随着慢慢爬高,周边的群山渐渐与我们等齐。抬头仰望,在一座山后,云朵飘飞,像下起了大雪,又像腾起了烟雾。

贴着松林,上了一个大坡,浮现一块相对平缓的草甸。两位摄影师操纵着航拍器材,指挥它腾空而起,盘旋而上,在山间飞行。冯导乐不可支地拍着照片和视频,边走边发微信和微博。现在,他是我的专职记者。

三人行的队伍多了些许快乐和笑声。按照大家的节奏走,自然不快,但保存了体力,为完赛打下了基础。几小时后,我们翻过垭口,来到最高点。回望,全是山峦;前望,小镇就在脚下。不过,实际下山距离长达14公里,还得有一番折腾。

前面三四公里是在草甸间下降,坡度不算太陡,视野极其广阔。尽管膝盖疼痛不太明显,我还是谨慎地慢行,有时还会倒着走一段,或者像螃蟹横着走——让膝盖少打弯就能减轻症状。大刚来回跑动拍摄,让出大路给我走,自己走倾斜的草窠,一次摔倒在地,幸好无碍。

下到公路上后,又开始上升。左侧平台上有一个旗帜飘扬的木屋,是补给站。小站嘛,没啥好吃的,也不能睡觉,凑合着补给点算了。刚到屋前的空

林间穿行。冯冀 摄

地,我们就被吸引住了——一个长方形大火炉,里面烧着木炭,上面盖着铁板,铁板上是一块块牛排,喷香扑鼻!

　　大刚专心地拍着,我和冯导则进去大快朵颐。牛排已经切好,一块块的,热热的,盛在透明器皿里,分外诱人。我夹了一块,取了点面包片,一咬,真香!

　　旁边有红酒,冯导禁不住倒了一杯。我连忙说:"喝了会心率加快!"他犹豫了一下说:"没事。"端起来喝了几口。我担心他喝酒跟不上节奏。其实,酒是好酒,和著名的法国葡萄酒一样,都是高海拔优质葡萄酿造,不像国内有的红酒是勾兑的。吃完一块后,我又取了一块带脆骨的,"嘎嘣嘎嘣"嚼着。冯导则一口气取了好几块。可能吃得不太好意思,分了一块给大刚。

　　酒足饭饱后,我灌了点可乐和水。从第五个赛段起,我就开始喝可乐提神。赛事快结束了,透支点就透支点,能保证行军时不打瞌睡、精神集中最重要。不过,可乐和起泡水一样,装在水壶里,不断晃动就会产生大量气体,往外渗水,甚至从吸嘴上喷射出去,让人郁闷。有时连喝好几次还止不住,就得拧开瓶盖,放掉气体。一两次放不完,还得开启多次。

　　吃多了肉,最直接的后果是频频放屁,屁又响又臭。一会儿冯导放一个,一会儿我放一个,赛道上乌烟瘴气。肉不好消化,人在运动过程中肠胃本身就缺血,大量血液集中在下肢。这就是越野跑途中不提倡吃肉食的原因。

迷路 4 公里，黄昏时来到上届选手止步的地方

在连续剧《我的团长我的团》中，川军团团长龙文章有一句极富穿透力的话："我要带你们回家！"川军团的任务是夺取并防守南天门树形堡垒 4 个小时，但是，他们坚守了一个又一个日夜，顶住了一轮又一轮进攻，牺牲了一位又一位官兵，援兵仍然没有来到。上级决定，给每人平地升一级，尽管这些对于他们已经没有意义。第 35 天，川军团已经饿得爬不动了；第 38 天，他们只剩下些微的知觉了。战士不辣拿起最后一颗手榴弹说："团长，回家了，我们各回各家了。"树堡外，雾气弥漫，一批士兵在奔跑、靠近，龙文章用尽最后的力气，举起枪，突击进来的却是援军……

而后的 10 公里是宽广、平缓的防火道，若在平时，这种路面能跑出 4 分多钟一公里的配速。可是，经过几公里的下坡，膝盖和脚板又开始疼痛。尤其脚板火烧火燎，像踩在刀山火海上。我们不跑只走，每公里大约 12 分钟，是普通人走路的速度。

沿着山路蜿蜒下降，不知不觉到了水泥路面，一个路标都没见到！我说，不对吧，应该有路标的。拦了两辆车，也没问出个所以然。打电话问马笛娜，她说沿 1 号公路就能下来。而我们正在 1 号公路上，连路标的影子都不见。最保险的办法还是原路返回。

这回是下山容易上山难。上行了 2 公里，才看到路标。原来有条岔路通往另一个方向！白走了 4 公里，浪费了近 1 个小时。这次比赛，其实走了 350 公里——还有官方少测的距离。

冯导和大刚先行向小镇下撤。我咬着牙、踮着脚绕过一道道弯，看到小镇高高耸立的教堂。

287 公里补给站。冯冀摄

烤牛排。作者摄

不过，这里不是 303.2 公里的补给站，补给站还得沿公路走两公里。暮色降临，手杖敲地的声音划破安静的小镇。

随后，出现迎接的人群，响起久违的牛铃声。历时 9 小时，行程 20 公里，在 13 日 20 点左右，我到达 303.2 公里补给站。这个补给站虽然不是大站，但因位于城区而热闹非凡。条件优越，有医疗室，有住宿地。

2012 年，由于雨雪天气，道路结冰，举办方叫停最后 29 公里赛段，提前结束比赛。如果没有雨雪，如果举办方没有叫停，三位中国选手完全有能力完成全程。特别是于雷，走到这里只花了 109 小时，然后歇了几小时，准备一举闯关，实力颇为强悍。

不过，比赛光有实力是不够的，还得赌——赌天气！赌运气！UTMB 连续三届下雨，赛道屡次缩水，2013 年则晴空万里，冠军一举刷新赛会纪录，这是天时地利人和所致。

这次比赛，无论如何都不能说是好天气好运气，但后面几天太阳高照，赛事如常进行，没有缩水。这就是幸运！因此，从这里开始，我将踩在上一届巨人兄弟的足迹上，刷新中国选手的纪录。每踏出一步，都是一个新的数字和征程。

"曾华锋已经于当地时间 13 日 20:00 通过 303 公里的 Bosses 补给点，还有最后 29 公里，但是他的膝盖很疼，只能用走。"泰尼卡如是发布。

按照医生的嘱托，我再次进行医疗。过程简单了许多，一位胖胖的女医生似乎没那么专注，草

登顶第一座大山。冯冀摄

冯导在拍摄。王博摄

草
了事。

出发前,想喝可乐,看到桌上有半杯倒好的,一口喝下,竟是红酒!后悔已来不及。好在度数不高,没啥反应。2012年,高清喝了意大利人送的白酒,飘了好几公里。

最后一座山峰,百米保护绳一直打到山顶

在我的怂恿下,冯导决定陪我走完最后29公里。他说,能见证我的完赛,沿途实况播报,也是一件幸事!从此,他像一名选手那样,背上行囊,快速前进。同时,还要承担记者的职能,一路拍摄、发稿,比我更辛苦!

在沉沉的夜色中,我们踏上最后的路途。边走边倒数公里数:28公里、27公里、26公里……每走完一公里就少了一公里,就多了一分胜算。多数时候,冯导在前面开路,我尾随其后,节奏压得较缓。

"明月松间照,清泉石上流。"月亮比昨夜更明,峰峦如聚,松涛如怒。多么美好的夜晚啊。没有风雪侵扰,没有世间嘈杂,一切都被笼罩在寂静之中。想起那首歌:"月亮在白莲花般的云朵里穿行,晚风吹来一阵阵欢乐的歌声,我们坐在高高的谷堆旁边,听妈妈讲那过去的事情……"

走着走着,冯导饿了,我取出一包榨菜递给他,他就着从补给站里拿的大罐桃汁,开心地吃喝起来,赞不绝口。我说,我这里还有烤肠、士力架、能

量胶，不用担心食物补给。

越走越疲，毕竟凌晨只睡了两个多小时。冯导也有些扛不住，我把一只手杖递给他。虽然身体有点失去平衡，但总比没有好。有段时间，我们困得不行，就在路边打盹，但没睡着，他还强打精神给我拍视频。看来，我还没困到极点。

阿亮回忆说："困顿袭来时，找了一个避风的地方打盹，夜里山里温度急剧下降，石头摸上去也是冰冷刺骨，但是坐在那里就像熟睡很久一样，被风惊醒后看时间，也就十几分钟，这样打盹两次，体温迅速下降，感觉危险在向自己逼近，强打精神继续前进。"

期间，我吃了一个能量胶，但似乎没啥作用。大屿山100公里后，对能量胶、电解质丸、盐丸等本能地抵触，因此巨人之旅总共只吃了三个能量胶，没吃电解质丸和盐丸，食物补给基本靠天然食品。许多人将抽筋归结于没吃盐丸，实则是因为训练不够，肌肉承载不了大负荷运动而采取了自我关闭部分机能的措施。

深夜，我们步履沉重，绕过一个湖泊，来到有亮光的补给站。时间已经指向14日凌晨1点多。总体来看，补给站的设置非常科学，在你最易疲劳的路段和即将冲顶的陡坡前，一般会出现补给站，让你"加"满"油"，全速前进。

那一觉，我睡得昏天黑地，

香甜无比，冯导却没怎么睡着——被我的呼噜声吵的，或者是喝红酒喝的。3 点多，被人叫醒。正是最寒冷的时候，我把所有御寒的衣服全部穿上，外面还加了件雨衣。纵然如此，还是直打哆嗦。

好在，没有大风，不至于失温，走着走着，身子就暖和了。我们慢慢熬，慢慢爬。只要在走着动着，不管多慢，距离都会缩短，都能来到终点；你站在那里不动，无论过多长时间，无论怎样望眼欲穿，都不可能到达终点。

最后一座山峰海拔 2936 米，是我们要面对的最后一道关隘。它来得如此缓慢，缓慢得令人心焦！最后百来米非常陡峭，坡度达到七八十度，全是岩石构成，异常艰难。举办方在这里拉了长长的保护绳，足有百米，一直绵延到山顶。

我一手拿着登山杖，一手拽着保护绳，一步步地向山顶攀登。如果有雨雪，这里确实无法通行，2012 年举办方采取紧急措施是无奈之举，也是必然之举，旨在保护选手。否则，滑坠事故可能发生。后据陈漱文说，白天这里还增派了人手，帮助选手拿杖、过关。

14 日清晨 5 点 04 分，经过 139 个小时的全力拼搏，我们终于登顶！这意味着巨人之旅的爬升基本结束，陈漱文总结的"十八攀"——告结。曙光就在前面！环状的 332 公里巨人之旅即将闭合！这将是一个多么激动人心的时刻啊！

"山这边是枪炮和泥泞，山那边是鲜花和美酒。"在翻越险峻的阿尔卑斯山时，拿破仑横刀立马、豪情万丈，大声给将士们打气。如今，我站在阿尔卑斯山高耸的垭口上，站在巨人之旅最

凌晨来到补给站。Pietro Celesia 摄

小镇就在下方。作者摄

后的制高点上,胜利已然在望。

遗憾的是,杨源没能抵达这里,不然,当他看到北斗七星镶嵌在天幕之上,欧洲雄峰勃朗峰近在咫尺,该是何等欣喜!他一定会仰天长啸,壮怀激烈。可惜了,兄弟,让我代你多看一眼勃朗峰!多感受一下巅峰的巍峨!

撕掉雨衣,奋力前行,不期然地流下泪水

下山!下山!我快马加鞭,大步向前,试图在144小时也就是六天六夜之内回到库马约尔。选手们在这一带陆续出现,一会儿你超我,一会儿我超你。疼痛没有中止,我边跑边恨恨地说:"你疼吧,你疼也疼不死我啊!"

黎明时分,第一缕晨光终于照亮了勃朗峰。我在出征感言中写道:"我相信汗水和智慧凝结的力量可以穿石断金脱胎换骨化茧为蝶,可以唤醒阿尔卑斯山的第一缕晨光,可以为我和儿子赢得光荣与梦想!"而今,光荣和梦想就在不远处闪耀。

朝着终点的方向跑进,心情起伏难宁。这些年,参加了许多比赛,克服过许多困难,但如此集中地承受疼痛、困乏、忐忑甚至恐惧还是第一次。我像经历了一次地狱般的行走,像吃完了一生的苦,精神上的压力,夜跑的压力,令我一次次陷入困境,又一次次绝处逢生。

勃朗峰的霞光。冯冀摄

　　下到博纳蒂补给站。这个补给站原本是个避难小屋。1961年，登山者博纳蒂带着6名伙伴挑战勃朗峰中央路线时遭遇山难,博纳蒂奋力救出两名伙伴。4年后，博纳蒂独自出征，在经过和低温及技术难点的连续6天的拼搏后，完成了单人 + 反季节 + 新路线，直上北壁。

　　从左侧绕过一座山脊，眼前豁然开朗！正前方向应该就是库马约尔，虽然我看不到她，但可以抚摸到她的肌肤，感受到她的气息！

　　最后10公里，我撕掉雨衣，一瘸一拐地奔跑在山间，看朝霞如何一点点染红白雪皑皑的勃朗峰，任阳光打在身上微风拂在脸上。我边跑边流泪，泪水中有对遇难者的缅怀，有对往昔时光的留恋，有对未来的憧憬，可谓悲欣交集！

　　经过最后一个补给站时，只剩下5公里。问清不用打卡后，我没作停留。不过，海拔又上到了2000多米。有上升就得有下降。终点海拔是1224米，

800 米的直接下降换来的是连续几公里的盘山石头路，很毁膝盖很磨人。

不过，我始终被高昂的情绪鼓舞着，忘掉了疼痛，忘掉了坎坷。

正值周末，轻装或者重装穿越的驴友源源不断上山，蔚为壮观。看到我过来时，他们无一例外地主动让路，有的喊："Bravo!"有的说："Finisher（完赛者）！"有的拿出相机拍照。我都一一回应，尽管这也要消耗体力、分散精力，但我认为这是最基本的礼貌。出国参赛，我代表的就不仅仅是自己。

反向迎上来的大刚，扛着摄像机陪我一起跑。临近山脚的两三公里赛道，我在赛前探过，算是故地重游。终于回到桥边，终于回到水泥路，终于回到小镇！我一只手抓着登山杖和儿子的照片，一只手擎着鲜红的国旗，激动地向终点奔去。

夹道的观众们在鼓掌、加油，亲爱的队友和记者们在翘首等候。10 点钟，我冲过久别的方门，在奥巴巴和金飞豹的陪同下，拿着国旗走上高高的铺有红色地毯的木台，向来自全世界的选手、观众和记者展示：中国选手在历尽九九八十一难后不屈不挠地从起点来到终点，走完了杨源没有走完的路，完成了世界难度最大的越野赛。

环状的完整的 332 公里巨人之旅赛道第一次在中国选手脚下闭合了！

蔡晶晶冲顶最后一座大山。来自新加坡《TODAY》

冯冀摄

女子冠军。Enrico Romanzi 摄  孩子迎接爸爸。来自巨人之旅官网

陈欣文手持杨源的号码布。极致玩家提供

男子冠军。Enrico Romanzi 摄  Franco 一家子。Enrico Romanzi 摄

CHAPTER **12** 完賽前我不是巨人，
完賽後我也不是巨人

王博摄

383人完赛,"TDG注定是阿尔卑斯山的传奇"

　　金飞豹和奥巴巴引导我在杨源的号码布"1040"上签名。当我们仨并排合影时,我泣不成声,我想起了杨源——我们的兄弟!他把他的身和魂都留在了世界越野跑的圣地阿尔卑斯山,留在了中国的越野跑历史上。

　　"经过143小时43分钟48秒的煎熬,翻越25座2000米以上的山峰,中国选手、本报记者曾华锋于意大利当地时间9月14日10时排名第265位,完成了世界最艰难的越野赛——意大利332公里巨人之旅,成为第一位完成巨人之旅全程比赛的中国大陆选手,创造了新的纪录。"17日,《人民日报》体育版如是报道。

　　有的媒体用了"征服"两个字,我和户外人士一样,都不赞同这种说法。户外不言征服,山永远在那里,人不过是过客,人走了山还在,谈何征服?在大自然面前,人何其渺小啊,要始终保持一颗敬畏的心。

奖牌。Enrico Romanzi 摄

算了一下，最后两个赛段用了 50 小时，比正常情况超出约 12 小时；高山失温苦候天亮时多休息 5 小时；赛时大雨下了约 20 小时，雨停后道路湿滑的影响仍在继续；杨源遇难给我带来的心理因素难以估量，导致我减少了夜跑时间，减慢了行进速度；伤病影响最为巨大。综上，天时、地利、人和三个因素，无一具备。不然，即使 120 小时内不能完赛，130 小时内完赛是铁板钉钉的。

作为一个平常睡眠比较多的人，我在比赛中一共休息了 42 个小时，平均每天 7 小时，其中每天能睡着的时间为三四个小时，比起许多每天只睡一两个小时的选手多了很多。个别选手甚至全程只休息 2 小时，实在惊为天人。好些人超过我，都是在我睡觉时。

不过，虽然我在最后两个赛段的进度非常缓慢，但名次下降却不多，仅由 209 位降到 265 位。当时还很纳闷，怎么我这速度，还没几个人追上来？这说明，选手们在后程普遍力竭，明显降速。即使是训练有素的日本选手，多数也落在我后面。

回过头来想想，自己在训练和比赛中存在一些失误：高山训练过少，特

泰尼卡与极致玩家合影。王博摄

别是没在海拔 2500 米以上的山区进行多日训练，如果能在小五台走上三趟，体能将有质的飞跃，膝盖受伤或许能够规避；第一赛段节奏偏快，为后来的伤病埋下了隐患；前三个赛点休息时间超过 24 小时且相对集中，应当缩短并分散在更多的小型补给站和路边；在装备上，缺乏防水和保暖衣服，头灯亮度不够，鞋子和袜子的配合不佳……

14:38，陈漱文携手香港选手曾庆坚难兄难弟激情冲线，用时 148:21:25，排名 370 位。陈漱文的归来让人感动！他说，送走我后，在补给站意外地碰到节奏稳定、经验丰富的曾庆坚，遂结伴而行，边走边聊，全无心理压力，自此开始享受比赛，"杨源就是一个享受比赛的人，我要用他的心态来完成比赛"。看来，我是多虑了。

中国 10 名选手仅 3 人完赛，吴秀华夫妇、曹晋亦中途退赛。赛后，吴秀华告诉我，杨源事件对她震撼很大，加之参加 UTMB 后没有完全恢复，故选择退赛。她也认为巨人之旅的赛道过于危险，远甚于香港的越野跑赛道。她创办的港百已经成为中国标志性的越野赛，推动了香港和大陆的越野跑。

胖胖熊在清华有很高的知名度，跑道人生版的跑友一直在关注他。11 日，一位同学说："昨夜微博看到相关消息，目前排名 288，比荒城、破碗快。加油加油，继续跑着玩，期待完赛后的赛记。"但是，巨人之旅不是跑着玩的赛事。随后，没了消息。有同学说："估计又在路边睡觉、吃东西了……山上夜晚好冷，工作人员都穿上羽绒服了。"好多天后，胖胖熊回复:70 小时后退赛了，"没啥，流感而已"。

"TDG 注定是阿尔卑斯的传奇！"据 Vibram HK 100 统计：来自五大洲 42 个国家的 706 人出发，383 人完赛（2 人超过 150 小时几十分钟），包括 38 位女性，完赛率 54%。2012 年 629 人出发，完赛率 62%。年龄最大的 72 岁。两位最后完赛者受到男女冠军的迎接。在我完赛后的 6 个多小时，共有 118 人赶到，平均每小时近 20 人，相当集中。

另据统计，24 名日本选手中有 17 人完赛，完赛率高于平均水平。其中小野正博获得男子第 8 名，铃木弘子获得女子第 5 名，3 次参赛 TDG 的老将望月省吾等 7 人退赛。一位年龄超过 60 岁的老太太也报名参加并完赛。据陈漱文说，超过半数的日本选手成绩为 142–149 小时，其 UTMF 成绩在 40 小时以上。

拥抱。Enrico Romanzi 摄　　独狼女郎。

不得不承认，日本选手的实力比我们强。镝木毅创办的 UTMF 对提高日本选手的越野能力大有裨益！而大陆的越野赛尚处于草创阶段，没有超过 100 公里的赛事，难度系数也大大于低于国外甚至香港赛事。平静的湖面练不出精悍的水手！

颁奖典礼的第一道程序是悼念杨源

"一次次的梦想，一天天的等待，心中充满期盼。我们带着遥远的祝福，与世界各地的朋友相聚在阿尔卑斯山下。长城问候阿尔卑斯山，中国与世界牵手。" 9 月 15 日，盛大的颁奖典礼在库马约尔体育馆举行。第一项程序就是请我们 4 位大陆选手上台，由杨源亲密的跑友陈漱文朗读杨源和刘玉美在赛前写给举办方的信，并全场默哀，世界各国媒体聚焦。

陈漱文继续念道："我们将日夜兼程，呼吸着大自然的芬芳，陶醉于路上的壮丽迷人的风景里。纵横山水中，而无车马喧；驰骋天地间，其气浩然。我

们追逐太阳,伴随月亮,穿越风雨,俯瞰山下的万家灯火。一路奔波,一路歌。我们健壮了体魄,更净化了心灵。对自然的热爱,让我们热爱生命,于是,我们的勇气和信心倍增,将一路向前,永不停。我们将用汗水和毅力收获美好与友谊,永远回忆快乐和自由。"

信被现场翻译成英文、意大利文,全场一片叹息声、哭泣声,奥巴巴更是痛哭流涕。举办方决定在事发地点立一个石碑,以纪念1040号中国选手杨源和警示危险。每次,我经过北灵山的夏子墓时,都会和夏子打招呼,行注目礼。我想,每个巨人之旅的参赛选手经过杨源遇难处,也会想起杨源的回眸,杨源的微笑,杨源的警示。

也有一些人很纳闷,杨源为什么要给举办方写这么一封信?为何这么多参赛选手独独他写了这封信?难道他有什么预兆?我当初听说有这封信时,也颇感意外。后来,看到举办方发给我们的纸质信件时,才感觉不是那么回事——信的内容积极向上,表达了对巨人之旅的憧憬,充满了乐观的情绪和必胜的信心。

颁奖典礼的顺序是由后到前,即先发最后一名选手的纪念品,最后发冠军的纪念品。赛事不设奖金,只有不值钱的奖牌。按照比赛规程,每个完成比赛的参赛选手将获得"完赛"奖项。排名分为总排名,包括所有参赛选手;同时还会单独分出男女组排名。奖项将颁发给总排名的男子前五名及女子前五名,并且颁发给不同类别的前三名选手。

完赛者依次上台和举办方的工作人员握手、拥抱、合影,再领取一件红色的长袖抓绒衣。据王博说,这衣服挺好,值1500元人民币。衣服上有各赞助商包括泰尼卡和巨人之旅的标志。杨源的遗体上也穿着这件衣服。

在每个大型补给站,完成该赛段的选手都可以得到一个写有赛段名称的三角形纪念奖章,奖章或由工作人员发给,或由自己在筐里取。完成七个赛段,可以拿到一整套共七个奖章。遗憾的是,我漏掉了三个,只拿了四个,陈漱文也差不多。有位朋友只少了一个Ollomont的奖章,我正好有,就成人之美,这下我只剩三个。

领完衣服的383名选手当场换上,在台上聚集,最后合影。我见到了陈漱文、曾庆杰、Franco、独眼女郎、德国选手,见到了许多许多在赛场上有过一面之缘的运动员,大家紧紧地握手,动情地拥抱。体育无国界,我们忘记了

陈漱文念杨源的信。Enrico Romanzi 摄

悼念杨源。王博摄

男子获奖者。Enrico Romanzi 摄

女子获奖者。Enrico Romanzi 摄

奖品。Enrico Romanzi 摄

肤色，忘记了地域……

　　1978 年，时年 33 岁的 Enrica Pellissier 女士来到中国，当时兵马俑还没被发现。她带回了一面中国国旗。这回，已经 68 岁的她担任赛事志愿者。活动结束后，在全体志愿者合影时，她现场展现了这面珍藏的国旗！我和陈漱文等选手自行聚集在这面国旗下，合影留念。

　　"看你瘦的！"大家说。赛后一称，瘦了 5 斤。身上原本不多的脂肪被消耗殆尽，幸亏赛中吃了不少火腿片。我的食量变得非常大，肠胃贪婪地吸收着食物和饮料。常常是，吃掉意面、喝掉汤后，不觉得饱，又出去加餐，轻轻松松吃掉一张脸盆大的薄比萨。回到住地，还会吃些比赛剩余的补给。整个一饭桶！

　　于雷那会儿也差不多，他说："比赛后精神虽放松了，却怎么也睡不着了，终于感觉到了饿，花了 400 欧元吃了两三个人才能吃了的饭，这时，才感觉自己回到了人间。"

　　挥别库马约尔，挥别勃朗峰，我们在米兰住下，准备翌日登机。凌晨 3 点多，陈漱文没关的手机忽然响起！朦胧中我"刷"地坐起来："跑到哪里了？是不是又该出发了？"好沉重好有压力啊。再仔细一想，不对呀，比赛已经结束了呀，再不用跑了嘛！

　　早上醒来时，陈漱文讲："昨夜你说了好多梦话，我只听清一句：比赛的难度超出想象！"

卸去战甲，我依然在人群中朝你微笑走来

　　"待我长发及腰，将军归来可好？此身君子意逍遥，怎料山河萧萧。天光乍破遇，暮雪白头老。寒剑默听奔雷，长枪独守空壕。醉卧沙场君莫笑，一夜吹彻画角。江南晚来客，红绳结发梢。"那段时间，网上流传着这么一封来信。回信是："待卿长发及腰，我必凯旋回朝。昔日纵马任逍遥，俱是少年英豪。东都霞色好，西湖烟波渺。执枪血战八方，誓守山河多娇。应有得胜归来日，与卿共度良宵。盼携手终老，愿与子同袍。"

在我归来前后,全国各地成千上万的亲朋好友、同事、读者给予了热情褒扬和鼓励。比赛中一直没有上网,赛后回到住地用 WIFI 上网,发现微博上竟有两三千个 @ 提醒!这些 @ 像人们凝视和关切的眼睛,汇成长河,汇成暖流,汹涌澎湃!

在微博上,大陆首批完成巨人之旅的阿亮、于雷说:"144 小时的战斗呀!战神级别……经历了多重压力:战友的离去、环境的恶劣等等!"子尘说:"不是每个人都能有这 140 多小时的人生阅历。"他们均给予过我无私帮助和指导,让我站在巨人的肩膀上无畏前进。

益跑网老黄说:"怎样的艰苦卓绝,才能让跑者潸然泪下;怎样的绝处逢生,才能让硬汉泪滴如珠。荒城不仅是 332 公里巨人,也是倚马千言的写家。"龙井说:"知道赛事有多艰苦,也知道你有多强悍,尤其是内心理性而坚韧!我们一直认为你最有概率完赛。"北欧黑森林:"战斗力永远是出自内心,称之为心灵之旅更为恰当。"郝鸟:"是平凡人但不做平凡的事,谢谢你的坚持!我

获奖女子。Enrico Romanzi 摄

女子冠军。Enrico Romanzi 摄

们与你同在。"

我将《巨人之旅：梦想之旅，磨难之旅，悲壮之旅》发在全国影响最大的跑吧论坛，回帖达到了十几页。跑吧老大顾斌说："荒城做什么事都想做到极致，而且也能做到，实在是让人佩服啊！"叶兴星说："勇士的雄浑悲壮之声。巨人之旅，巨人之梦。"警察酷歌说："杨源之后，就等待着这篇文章，知道会有这篇的，因为巨人之旅有荒城。是啊，要有梦想，否则，生活淡然无味，可要去实现梦想，就又是一回事了，众多人会总是沉沦在梦之中，荒城没有，也不会有，因为荒城要熊熊燃烧的岁月……我何曾不想，但不知岁月可否负担？"

苏州的愚公担心了我很久："终于可以不用再担心了，之前的杨源意外之死和珊瑚的 UTMB 退赛，都有些令人难受。荒城是我在前年担任'阿迪跑者'时认识的，瘦瘦的好身材，一副眼镜架在敏捷果敢的脸庞上，看上去更应该是个学者而不是跑者的他，对跑步的热爱有些痴迷。我很早就开始浏览他的博客，文笔犀利生动，是个少有的有文字功力的跑者。一起参赛的大连、北京、上海和厦门马拉松，是我们交流的四次机会，加上党琦的专业和无私，我从他们身上学到了很多东西，至今想来历历在目、犹如昨天。没有想到他会对超长距离

"耐受力"让我们抵达梦想

曾华锋

人与羚羊赛跑,谁将胜出?多数人会选择羚羊。其实,在超长距离奔跑中,取胜的也可能是人。网上有一段视频:没有陷阱和毒药,没有围猎和配合,一位上身裸露的布须曼人手拿标枪,箭步如飞,在烈日下一跑就是三个多小时,将羚羊累垮并捕获。

这种"耐力跑捕食"的狩猎方式,并不是什么创新,而是源自于我们的祖先。他们早就发现,在体能极度衰竭之后,动物会本能地停下,人则可以凭借强大的意志一往无前,不达目的誓不罢休。事实上,不论是运动本身,还是经济社会发展各领域,人的这种强大的"耐受力",总能使我们穿过艰险,承受挫折,挥别苦难,抵达梦想之巅。

巨人之旅正是一次"耐受力"的特殊较量。前不久,我和全球382位参赛选手一道完成了这一世界难度最大的越野赛。全程332公里,累计总爬升接近3座珠穆朗玛峰,常人需要31天才能走完,选手却要在150小时内完成。经受这一特殊运动的磨砺,我对信念与意志也有了更深刻的体悟。

经过六天六夜的煎熬,我终于迎来了阿尔卑斯山的第一缕晨光。这期间,小腿、大腿、臀部无处不痛,甚至胳膊也因长期挂着手杖而疼。极度困乏是又一大考验,参赛选手的平均睡眠时间每天只有3小时。危险则像老虎一样蛰伏,2800米以上的大山穿空乱石,陡坡密布,大雨冰雹,山路湿滑,夜间行进尤为不易。面对跑友遇难、高山失温等诸般困境,恐惧占据心头,进与退的抉择从来没有如此艰难。然而最终,我经受了这一身体与内心的极限考验,经历了一次地狱般的行走,像吃完了一生的苦,一次次陷入困境,却又一次次绝处逢生。

无论人生还是事业,都是这样一次充满挑战的旅行。这种超长距离的赛事,挑战既有生理上的体力透支、困乏、缺水、饥饿、受伤,又有心理上的沮丧、孤独、害怕、幻觉、悲痛、混乱,没有超强的耐受力,往往就会选择放弃。面对人生旅途的种种波折,面对事业攻关的诸般障碍,没有坚定的信念与顽强的意志,我们的身体和心理很难挺过去。当此之时,信念就具体表现为"内心完善自己的强大需求",意志则表现为"自律自控的自我执行",二者铸就一种精神源动力,共同驱使我们用行动去战胜一切困难和挑战。

生命更是一次梦想之旅。一路走来,我深深感觉到,其实每个人的心中,都存有一个梦想,都住着一个"巨人"。电影《中国合伙人》中说:"梦想就是一种让你感到坚持就是幸福的东西。"没有梦想的人生,必定缺少了色彩。然而,没有磨砺的梦想,顺利的实现也必定少了精彩。很多时候,梦想的抵达,未必是鲜花与荣誉,也未必能以物质来计量。但只要生命经受了挫折、困难、挑战等多种形态的考验,人的思想、意志、品格接受了全方位的砥砺,我们所经历的便是精彩的人生,抵达梦想的过程也会充满幸福。

行百里者半九十,越是抵达梦想的时刻,越可能会面临不同寻常的考验。极限运动如此,人的奋斗如此,国家的前行同样如此。无论是艰难的转变发展方式,也无论是深水区的深化改革,抑或是爬坡过坎的关键发展阶段,都是对我们耐受力的一次集中检阅。正如习近平总书记所说:"再高的山、再长的路,只要我们锲而不舍前进,就有达到目的的那一天。"锤炼好耐受力,我们将不仅能抵达梦想,还将收获更多。

跑产生这么浓厚的兴趣，毅然辞去了'阿迪跑者'，专心投入到巨人之旅的怀抱！"

同事们也给予了关心、鼓励，《人民日报》体育版分上、下两篇刊发了4000多字的报道，《新闻晨报》、人民网、中国日报网、东方网、新民网、凤凰网等予以转载，同事们纷纷在微信上转发。本报官方微博发布消息，网友反响强烈，转载、评论、赞的上千。回国后，人民日报《社内新闻》女主持人含泪进行了访谈。总编室组织了一场读书会，人民网到场录播。《人民日报》发表评论《"耐受力"让我们抵达梦想》和《因为勃朗峰在这里》。人民日报社《社内生活》刊发《磨难之旅，梦想之旅》。

谢国明副总编说："华锋敢于挑战自我，前途无量！"阎晓明秘书长说："田径是运动之母，跑步是最好的健身方式。"总编室主任杨涌说："伟大的六天！巨人的成就！全体总编室同志都为你高兴，因你自豪！"新闻协调部主任曹焕荣、内参部主任唐宁、发行部主任李忱、体育部主任李中文及总编室副主任叶蓁蓁、刘磊、胡果等都进行了肯定。

《人民日报海外版》前国际与体育部主任陈昭在《心有多大，天有多大》的博客中写道："奇迹的产生源于梦想，而实现这一梦想乃咬碎牙齿和大自然和自己做不屈的斗争的结果。难能可贵的是，除了当个好记者，曾华锋还有自己的独特的业余爱好，有自己的人生追求。他的行动，足以让我们这些凡夫俗子为之动容。

"今年以来，'中国梦'成为一个频率最高的词汇，也成为一个时尚的词汇……挣钱是梦，当官是梦，买房也是梦，曾华锋的越野跑更是一个非常另类的梦。但不管是什么梦，都应和自己的人生奋斗结合在一起，都需要有一种高尚的情怀，一种不屈不挠的毅力，一种即使在命运面前碰得头破血流也绝不回头的精神，方如此，梦想才可以有朝一日得以实现。

"在曾华锋面前，我有些恍惚，他这股劲头何以而来，是什么让他如此痴迷于这种近乎自虐的爱好。我这只井底之蛙惭愧得很。'燕雀安知鸿鹄之志'，像我一样很多的燕雀们，应该从曾华锋的故事中多多少少悟出些东西吧。"

我发过三四千篇报道，编过上千个版面，都没能像这次一样"一战成名"。正如曹焕荣所说："好像你以前的步都白跑了！"有这么多同事在支持和关心自己，我发自内心地感动。

中国三位完赛者,中间为曾庆坚。王博摄

我、Miso、Franco、陈漱文、Roby 合影。王博摄

好友周晨专程从长沙赶来，和李直、李斌、戚小村等朋友为我庆功。周晨在微博中写道："未名湖之北，再熟悉不过的老地方，听华锋讲巨人之旅，惊心动魄。我完全忘了他是巨人之旅选手这码事，他只是我这一生都可以风雨同舟的好兄弟！"

许多人称我为巨人，其实巨人是意大利的四座高峰，也是巨人之旅这个赛事。我只是千千万万普通跑者中的一员，完赛前不是巨人，完赛后也不是巨人。就像穿越灵山时所说："巨人之旅，成了怎样，输了又怎样，卸去战甲，我依然是我，依然生活，依然上班，依然在人群中朝你微笑走来……"

"我拥有了千百个笑容，却忘了告诉你在我心中"

回到北京后，我连续三个夜晚睡得昏昏沉沉，每次长达 10 个小时。醒来后，依然隐隐作痛的膝盖和隐隐发麻的脚板提醒我，硝烟刚刚散去，该打开电脑，敲响键盘，记录那段血与火交织、泪与汗奔流的时光了。

关上大门，拉上窗帘，刨开记忆的土石堆，重回赛道。于是，我再次看到了大雨滂沱和漫天冰雹，看到了万丈深渊和穿空乱石，看到了裹满纱布的膝盖和满是水泡贴的脚板，看到了头部朝下身体朝上血流不止的杨源，听到了寒风怒号和冷雨敲地的声音，听到了补给站和终点清脆的牛铃声，听到了绝望时对着大山的怒吼，听到了杨源微弱的求救声……心灵一次次地揪紧，泪水一次次地滑落。

我将巨人之旅的第一篇文章留给了杨源，标题是《杨源：长城问候阿尔卑斯山，中国与世界牵手》："直到今天，想起巨人之旅和杨源，仍然觉得像是南柯一梦，那么那么的不真实，那么那么的遥远。我宁愿长醉不愿醒，我宁愿开启月光宝盒回到从前，我宁愿没有比赛没有死亡没有荣誉没有悲伤……只是，网上铺天盖地的消息和跑友自发的捐款、义卖告诉我，一切都已发生，一切都无可更改！"

世上最哀伤的事莫过于白发人送黑发人。36 年前，我奶奶就经历过这么一场痛彻肺腑的变故，泪水一直流到 7 年后离开尘世；我妈妈哭坏了眼睛，迄

今还常常泣不成声;我只有通过妈妈、亲戚的陈述和唯一的一张黑白照片,才能依稀复原出父亲的样子……因此,我知道,我微薄的捐款无法减轻杨源父母哪怕一丝一毫的痛苦,我只能为此求得内心的一点安慰。

9月24日早上8点,杨源的追悼会在八宝山举行。这是我第一次走进这里,周围全是熟悉的面孔——尽心竭力筹办追悼会的卢怀谦,组织捐款和义卖的王焱、庄志毅、阿亮、麦兜兜、泰尼卡的Miso、鲍总、周斌和队友奥巴巴,杨源生前挚友陈漱文、王洪全、意大利老苏……跑友的人数远远超过亲属、同事,甚至有跑友跑步几十公里赶过来!

头发花白的杨源妈妈热泪横流,我缓缓走过去说:"我和杨源一起参加了比赛,他走过的路我也走过,他用生命提醒我们注意安全,我之所以坚持到底也是想完成他的遗愿。"杨源妈妈与我紧紧相拥:"以后比赛一定要注意安全!"遗体告别仪式结束后,她在亲人的搀扶下离开八宝山时,仍不忘回头大声重复:"以后比赛一定要注意安全!"

这是一个母亲的疾呼,这是一个亲人的嘱托,这是一个用淋漓鲜血换来的警示!人命关天,当我们如风般畅快地驰骋在赛道上时,请想想父母含泪的眼神,孩子期盼的目光,朋友深情的挥手……你的生命并不只属于你!珍惜生命也是珍惜亲朋好友对你的爱!

在杨源的相机里,发现了比赛前后拍摄的一百多张照片。其中两张照片里有我,一张是在体育馆里领装备时的合影;一张是在起点,我和金飞豹等向检录处走去,碰到刘玉美,打了个招呼,没想到杨源就在不远处拍照。那时候,我们意气风发;那时候,我们满怀憧憬;那时候,我们竟然没有来得及说上一句话……

20世纪八九十年代赵传的歌声犹在耳边:"我终于让千百双手在我面前挥舞,我终于拥有了千百个热情的笑容,我终于让人群被我深深地打动,我却忘了告诉你一直在我心中。啊,我终于失去了你,在拥挤的人群中。我终于失去了你,当我的人生第一次感到光荣……"

这是一首情歌,我却想把它献给杨源。杨源,我的袍泽兄弟,当鲜花与美酒摆在我面前时,当四周掌声如潮水般在我身边涌动时,你却永远地住在了巨人之旅,住在了阿尔卑斯山,也住在了我的心里。我无法将这一切从生命中抹去,我将用自己的余生去回忆你,回忆巨人之旅,回忆阿尔卑斯山,直至生

无兄弟，不越野。王博摄

命的终结……

陪同杨源走完人生最后一程的新加坡女子蔡晶晶，最后以145小时带着膝伤完赛，赛后坐上了轮椅。蔡晶晶现年39岁，是杂志社编辑，也是第一个完成巨人之旅的新加坡人。她的行为得到了中国跑友的尊敬！海边老狼说："欢迎您在方便的时候来大连旅游，定将好好接待，以表我们的感激之情！"

2013年巨人之旅注定要载入中国越野跑的史册。中国选手付出了巨大的牺牲和努力，才走向世界，走上颁奖台——1人不幸滑坠遇难，1人被直升飞机送往医院，1人训练时手指骨折带伤完赛，1人膝盖和脚板受伤坚持到终点……

毋庸讳言，中国的越野跑起步不久，与世界还有较大差距。越野跑不是奥运会项目，也不是全运会项目，没有被国家体育总局纳入比赛和训练范围，纯粹属于民间自发。国家体育总局宁愿花巨资去发展冰壶等可以拿奖牌的小众运动，也不愿意投一分钱发展越野跑这样可以带动全民健身但没有奖金的运动。

好在越来越多的民间跑步组织、徒步穿越组织、赞助商、体育传媒等开

回国，跑友们来迎接。王博摄

始关注和支持越野跑，越来越多的长跑爱好者、马拉松运动员、驴友、山友加入越野跑行列，Vibram 香港 100 公里、The North Face 北京 100 公里等赛事在开启报名后迅速爆满，一票难求！

"没有经历过那场残酷战争的人永远无法真的懂得我们付出了什么——那绝不只是鲜血、青春和生命。"《我的团长我的团》中说，"人一辈子会遇见多少人？会记住多少人？他们有些人早早离去，却一直住在你心里，一住就是一辈子。"

在逐日的夸父倒下的地方，绚烂的桃林拔地而起；在山鹰折翅的地方，无数小山鹰腾空而起；在夏子罹难的地方，玛尼堆悄然耸立 在杨源滑坠的地方，纪念碑将永久竖立……

挫折和磨难不会摧毁中国的登山、越野、长跑等运动，一位位山友、驴友、跑友将衣袂飘飘大步向前。

遥远处，诗人北岛且走且吟：

走吧，落叶吹进深谷，歌声却没有归宿。

走吧，冰上的月光，已从河面上溢出。

走吧，眼睛望着同一片天空，心敲击着暮色的鼓。

走吧，我们没有失去记忆，我们去寻找生命的湖。

走吧，路呵路，飘满了红罂粟。

附　录

法国 100 英里环勃朗峰赛

2003 年 8 月，第一届环勃朗峰极限耐力跑 (简称 UTMB) 举行，722 名爱好者参赛，比赛距离 166 公里，累计上升下降海拔高差 9400 米。结果，只有 67 人在规定时间内完成比赛。2007 年，UTMB 组织方开始在赛事中引进认证赛事概念。因为这时的报名名额已是一票难求，为了让报名者公平获得参赛名额，同时降低因能力缺陷带来的个人风险，UTMB 对赛事进行划分和评级，建立了排位赛的比赛名单。

美国西部 100 英里耐力赛

美国历史最悠久的超级耐力跑赛事之一，始于 1977 年。西部 100 的赛道横贯美国内华达山脉，赛道本是具有 55 年历史的 Tevis 杯耐力骑马比赛路线，西部 100 英里耐力赛的路线上升海拔高差 5700 米，下降高差 7000 米。除了艰难的赛道和高水平选手等特点外，西部 100 的参赛资格也是一票难求。每次限制 400 个参赛名额，通过抽签获取参赛资格。全部的中签选手还需要提交至少 8 小时的耐力跑赛事志愿者服务证书，才能获得最后的参赛资格。

全球知名越野跑赛

摩洛哥撒哈拉沙漠地狱马拉松

由法国人帕特里克·鲍尔（Patrick Bauer）创办，1986年举行首届赛事。选手要经历6天时间才能完成全程250公里，相当于6个马拉松的长度。其中最长赛段84公里。选手必须携带整个赛程个人所有食品和用品，在2007年的比赛中有2名参赛者不幸身亡。

巴西亚马逊丛林马拉松

亚马逊丛林马拉松被称为地球上最艰难的极限马拉松赛事。该赛事退赛率也是世界上极限马拉松赛中最高的，7年来只有不到400人完赛。不仅仅要在人烟稀少的热带雨林中每天背负自给物品，7天内完成254公里，包括一个需要在36小时内横跨昼夜完成的最难赛段。而且期间还包括爬山、渡河和穿越沼泽。在气候和地貌的挑战下，脱水等自身的生理极限和反应，是每个参赛选手都要经受的最大考验之一。

美国恶水超级马拉松

恶水超级马拉松被认为是全世界最艰难的超马赛之一。从死亡谷至惠特尼山，可以说是从美国本土的最低点跑到最高点，路径总长135英里（217公里），时间限制为48小时。当年一位名叫Al Arnold的勇者首度尝试用跑步的方式完成这条路线，历经两次失败后终于在1977年以48小时完成，于是后人就将此年定为恶水超级马拉松首度出现的时间。10年后的1987年活动变成一项正式比赛。因为在湿热的7月份举行，气温动辄50℃，到了高山上又会降到−1℃，温差与高山的威胁更增添了赛事难度。

斯巴达超级马拉松赛

斯巴达超级马拉松赛（Spartathlon）是一项从雅典到斯巴达全程246公里的长跑赛事，其起源故事来自现代马拉松赛故事的前传，即公元前490年马拉松战役开始时，英雄人物Pheidippides从雅典跑到斯巴达求助的故事。

附　录

据说当时他用一天多的时间跑完了这个距离。1982年10月8日5名英国皇家空军模仿希腊历史学家希罗多德（Herodotus）的描述，亲身检验了这个奔跑过程，证明现代人也可以在36个小时内完成这个距离。随后，1983年正式出现了第一届国际斯巴达超级马拉松赛事。

日本环富士山100英里赛

日本环富士山100英里赛途经富士山及周边8座大小山峰，风景优美却赛道艰难。累计海拔爬升9000米，46小时关门。赛事的发起人是日本著名越野跑选手镝木毅，曾经在UTMB中拿过第4名，为亚洲人在该赛中取得的最好名次。

南极洲100公里超级耐力赛

南极冰原超级马拉松在距离南极点只有几百英里的埃尔沃恩斯山脚下开跑。冰原超级马拉松都在南极圈内，平均温度只有-20℃，而且出现风暴的可能性极高，比赛环境的严酷可想而知，对于选手来说是真正的艰难考验，更何况比赛路线的海拔都超过914米。真正的考验是100公里极限赛，这是毋庸置疑的"世界最冷的100公里超级耐力跑"。

Vibram香港100公里越野跑

Vibram香港100公里越野跑比赛路线从西贡半岛北潭涌起步，途经一些香港最美丽的景点，包括偏远又未受污染的海滩、古树林、自然教育径及陡峭的山岭。与现有的香港赛事不同，Vibram香港100公里赛可以与一些全球最好的耐力赛相媲美，并吸引了很多海外和本土的参赛者。赛事累计爬升高度超过4500米。对于耐力跑爱好者而言，这是一项独特的富有挑战性，又可欣赏优美景色的赛事，这是难能可贵的经验，不过参赛者必须在32小时内完成赛事。

全球知名越野跑赛

TNF 100 北京国际户外耐力跑挑战赛

The North Face 100 北京国际户外耐力跑挑战赛（赛事）是 The North Face 100 亚太区系列赛事之一。此赛事于 2009 年在北京市昌平区首次举办，是在中国大陆举办的首个 100 公里越野跑赛事。100 公里项目是 The North Face 100 系列赛中最具挑战性的比赛项目，山路和土路占总路线的 55% 左右，海拔最大落差值达 650 米。比赛起点位于著名的居庸关长城脚下，终点设在风景优美的明十三陵水库，也是整个比赛路线的海拔最低点（100 米）。从 2013 年起，赛事移师门头沟。

大连 100 公里越野赛

于雷完成巨人之旅后，在父亲于泽强的全力支持下，在大连创办了这个赛事。比赛线路经过国家级风景区大连南部海滨所有景点、公园，赛道包含沙滩、山野小径、山间石阶、木栈道、滨海路等。比赛项目有 100 公里、50 公里、团队 50 公里。100 公里累计爬升 4255 米，关门时间为 24 小时，完赛者可获环勃朗峰赛 3 个积分；50 公里累计爬升 2543 米，关门时间为 12 小时，完赛者可获环勃朗峰赛 1 个积分。这是中国大陆首个民间 100 公里越野赛，所有的工作人员、志愿者都没有报酬，获胜者也没有奖金。

TIPS 新手跑步小贴士

Q：谁适合跑步？

A：在动物界和人类的原始社会，奔跑意味着食物，意味着生存，是与生俱来的本领。不要怀疑，我们天生就会跑！别人行，你也行。相信自己，上路吧！

Q：在哪里跑？

A：1. 田径场，第一道是400米标准跑道。2. 公园，最经典的公园是北京奥林匹克森林公园，其南园、北园各约5公里。3. 小区。4. 公路，须注意安全。5. 野外，这个叫越野跑。多数时候，可就近跑步。

Q：什么时候跑？

A：每个时段跑步都有利有弊。早晨空气好一些、人少一些，但身体没有打开，心肺压力较大。另外，起早床需要勇气。下午呢，身体活跃，容易跑出好成绩，但人较多，污染或许会加重。对于上班族而言，没有更多选择，因此能跑步的时间就是好时间。

Q：从多长距离开始跑起？

A：从你能跑的距离开始，哪怕只有400米。而后，慢慢增加：600米、800米、1000米、2000米、3000米、5000米……记住"10%原则"，即每周跑步距离增加的总量不要超过上周总量的10%。健身跑的话，每次5–10公里足矣。

Q：要跑多快？

A：刚开始跑，不要追求速度，能完成距离就是成功。哪怕慢得和快走一样也没关系。距离比速度更重要！不要觉得拿不出手，不要总和别人比，自己跑得快乐、跑出健康就好。提速要慢慢来，不要一蹴而就。

Q：一周跑几次？

A：一次不嫌少，四五次不嫌多，只要你的身心能够承受。

Q：怎样呼吸？

A：在跑步指南上，常常可以看到"三步一吸，三步一呼"或"二步一吸，二步一呼"等说法，貌似严谨、科学，实则是误区。人的身体非常智能，能自动调节呼吸，哪用得着数步子呼吸！唯一要记住的是，快跑时深呼吸，以增加肺的通气和换气量。

Q：穿什么鞋子跑？

A：初学者穿保护性较强的慢跑鞋，等有了一定基础后，再选择较为轻便的马拉松鞋。最好的路跑鞋是日本的亚瑟士（Asics）。此外，德国的阿迪达斯、美国的耐克、中国的多威、李宁等也各有千秋。

新手跑步小贴士 TIPS

Q：穿什么衣服跑？

A：不冷的时候，当然是田径服了，一身"短打"，干净利落。冷的时候，穿紧身衣裤或者压缩衣裤，普通运动服也行。

Q：怎样跑步最省力？

A：匀速。可以凭借身体的感觉或者手表来控制速度。不要先快后慢，也不要忽快忽慢，尽量匀速前进。有一定基础后，可以尝试后程加速，越跑越快。

Q：怎样测距？

A：在田径场跑步，把圈数数准就行。在户外跑步，可用手机下载跑步软件如"咕咚"。更专业一点的装备就是带 GPS 的运动腕表如佳明（Garmin）系列，不仅可以测距，还可以显示海拔、速度、心率、时间、消耗的热量等。

Q：怎样补水？

A：因人而异，因时而异。通常说来，起跑前 1 小时分次饮水 100-300 毫升，跑步时每二三十分钟补水一次。不要等到口渴才喝，因为那时身体已经明显缺水。参加马拉松比赛时，每 2.5 公里设有水站，每 5 公里设有运动饮料站，可及时补给。

Q：饭后多久可以跑步？

A：2-3 个小时。刚吃完就跑，大量血液集中在下肢，造成肠胃缺血、腹部疼痛。晨跑的话，可以先吃点，垫垫肚子，跑完后再吃一些。

Q：为什么要热身？

A：在正式运动之前，用较短时间进行低强度的运动即热身，可以使心血管系统、呼吸系统、神经肌肉系统及骨骼关节系统等逐渐适应即将面临的激烈运动，以预防伤病。一般是慢跑 1-3 公里，再进行拉伸。

Q：为什么要做整理活动？

A：剧烈运动后，为补偿运动时缺少的氧气，内脏器官还得继续工作。如果突然静止下来，会妨碍影响氧的补充和静脉血的回流。一般慢跑或走 1-3 公里，再进行拉伸。跑完后应及时穿上保暖衣服，因为大强度训练后免疫力降低。

Q：饮食有什么讲究？

A：医生常建议病人吃蔬菜、水果、主食，忌辛辣、油腻、烧烤、熏腌食品。这种健康的饮食习惯同样适用于跑者。跑者还要摄取钾、钠等电解质。肉要少吃，吃的肉将变成你的肉。吃肉首选白肉——鱼肉、鸡肉、鸭肉，次选红肉——牛肉、羊肉、猪肉。

图书在版编目（CIP）数据

奔跑 332 公里：中国第一位巨人之旅全程完赛者自述 / 曾华锋著．
— 北京：人民日报出版社，2013.11
ISBN 978-7-5115-2251-1

Ⅰ．①奔… Ⅱ．①曾… Ⅲ．①纪实文学－中国－当代 Ⅳ．① I25

中国版本图书馆 CIP 数据核字（2013）第 274402 号

书　　名：	奔跑 332 公里
	——中国第一位巨人之旅全程完赛者自述
著　　者：	曾华锋
出 版 人：	董　伟
责任编辑：	曹　腾　殷俊莹
内文设计：	北京大有图文信息有限公司
出版发行：	人民日报出版社
社　　址：	北京金台西路 2 号
邮政编码：	100733
发行热线：	（010）65369527　65369509　65369510　65369846
邮购热线：	（010）65369530　65363527
编辑热线：	（010）65369523
网　　址：	www.peopledailypress.com
经　　销：	新华书店
印　　刷：	北京朝阳印刷有限公司
开　　本：	710mm×1000mm　1/16
字　　数：	210 千
印　　张：	14
印　　次：	2013 年 12 月第 1 版　2013 年 12 月第 1 次印刷
书　　号：	ISBN 978-7-5115-2251-1
定　　价：	39.80 元